K.Nakashima Selection Vol.36

狐晴明九尾狩《きつねせいめいきゅうびがり》

中島かずき

Kazuki Nakashima

論創社

狐晴明九尾狩

装幀　鳥井和昌

目次

狐晴明九尾狩

◉登場人物

安倍晴明《あべのせいめい》
賀茂利風《かものとしかぜ》

タオフーリン（桃狐霊）
ランフーリン（藍狐霊）
尖渦雅《とがりのうずまさ》
虹川悪兵太《にじかわあくへいた》
蘆屋道満《あしやどうまん》

《宮中の貴族・役人など》
元方院《げんぽういん》
藤原近頼《ふじわらのちかより》

橘師師《たちばなのもろもろ》
又蔵将監《またくらしょうげん》
滝口帯刀《たきぐちたてわき》

《妖《あや》かしたち》
藻葛前《もくずのまえ》
油《あぶら》ましまし
貧乏蟹《びんぼうがに》
ひだる亀《がめ》
蛇腹御前《じゃばらごぜん》

《式神》
白金《しろがね》
牛蔵《うしぞう》

《虹川党》
出殻段八《だしがらだんぱち》
信楽丸《しがらきまる》
洛外藤次《らくがいとうじ》

宮中の貴族、女官達
宮中警護の武士達
検非違使達
銅山の坑夫達

—第一幕— 九尾の狐 王都に祟る

【第一景】

平安中期。

京の都は内裏を中心に右京、左京と分けられるが、この頃、右京は荒れ果て貧民や無頼の輩が巣くうスラム街と化していた。それればかりではない。近頃は人外の妖《あや》かしも姿を見せると噂になっていた。

ある夜。

その右京のはずれを行く一行。右大臣である橘《たちばなの》師師《もろもろ》と、その従者。そして警護役の検非違使少尉《しょうじょう》の尖《とがりの》渦雅《うずまさ》と又蔵将監《またくらしょうげん》。

辺りは不穏な雰囲気。緊張しながら歩く一行。

渦雅　この辺りは盗賊が出るという。気をつけろよ。

将監　盗賊だけじゃない。最近は妖かしも出るって話じゃないか。なんでこんな道を。

渦雅　人目につきたくないというご意向だ。

将監　そこまでして女の所に通いたいか。右大臣様もお盛んだねえ。

ピクリとする師師。

渦雅　声が大きい。聞こえるぞ。

将監　聞こえたってかまうものか。俺達ゃ警護役の検非違使ってだけ。名前を知る気もないだろうよ。

師師　護りの役、感謝するぞ。又蔵将監、尖渦雅。

将監、ドキリとする。渦雅、小声で話す。

渦雅　ほら見ろ。橘師師様は細かいことほど気にとめるお方だ。誰がどこで自分の悪口を言ってるかまできっちり把握してるんだよ。

将監　早く言えよ。

と、そこに野武士の一群が現れる。率いるのは虹川悪兵太《にじかわあくへいた》。出殻段八《だしがらだんぱち》、洛外藤次《らくがいとうじ》や、男装の信楽丸《しがらきまる》がいる。

段八　待った待った待った。
将監　うわ。
渦雅　出たな、盗賊！

と、刀を抜く渦雅と将監。

悪兵太　盗賊とは失敬だな。俺達は虹川党。俺が頭《かしら》の虹川悪兵太。腕を売る兵《つわもの》達の一党だ。
段八　この辺は物騒だ。我々虹川党が護ってやろう。
悪兵太　ただし、それ相応のお礼はしてもらうがな。

と、すごむ一党。

将監　師師様、ここは素直に奴らの言うこと聞きましょう。
渦雅　おい、将監。
信楽丸　雇うのか雇わないのか、どっちだ、おら！

と、脅しで剣を抜く信楽丸。

渦雅　無礼者が。下がれ！

と、剣を抜く渦雅。

師師　わ、わかった。銭なら出す。

渦雅　師師様。

師師　かまわぬ。争い事は嫌いじゃ。渡せ。

と、従者に命じる。従者、貨幣の入った袋を渡す。それを受け取る悪兵太。

悪兵太　銭か。（と、袋の中味の貨幣を取り出し齧ると砕ける）け、安物が。こんな銅もろくに入ってねえ安もんの銭もらっても喜ぶ奴はこの都にはいねえ。（と、放り投げる）

師師の従者が大事に抱えている包みに気がつく段八。

段八　お、いいもの持ってるじゃねえか。

師師　あ、それは。

将監　（従者に）よこせ。はい、どうぞ。

将監、従者から包みを奪うと段八に渡す。

包みを解くと中に入っているのは絹の反物と瓢簞《ひょうたん》。

段八　おかしら。

と、瓢簞と反物を渡す。

悪兵太　こいつは絹と……、（瓢簞の中味を飲み）酒か。これでいい。こいつを礼としてもらっとくぜ。

渦雅　将監、なんということを。

将監　命あっての物種ですよ。ね、師師様。

師師　ぬぬぬぬぬ、うん。（悩むがうなずく）

渦雅　うなずくんだ。

と、藤次が暗がりの方を見る。

藤次　おかしら、引き上げましょう。

悪兵太　どうした。

藤次　怪しい気配が。奴らが来ます。

段八　奴ら？

悪兵太　まさか、妖かしどもか!?

渦雅、将監、師師も驚く。

三人　妖かし!?

と、闇の向こうから不気味なうなり声が聞こえてくる。
おどろおどろしい影が蠢《うごめ》く。

信楽丸　なめるな！　妖かしなど、この剣で切り刻んでくれるわ！

悪兵太　おい、待て！

悪兵太が止めるのも聞かず闇に駆け込んでいく信楽丸。

信楽丸　くたばれー!!

段八　信楽丸！

闇に消える信楽丸。と、闇の中から彼女の悲鳴が聞こえる。

信楽丸（声）　うわー!!

悪兵太　どうした、信楽丸！

と、妖かし達が現れる。
蛇腹《じゃばら》御前《ごぜん》、貧乏蟹《びんぼうがに》、ひだる亀《がめ》、油ましましなどだ。それぞれ、信楽丸のものと思わる人骨を囓《かじ》っている。
脅える師師、渦雅、将監。

三人　ひいいいい。

段八　てめえら、信楽丸をどうした。
蛇腹御前　信楽丸？　あのうるさい女武者かい。
油ましまし　あれなら儂らが。
貧乏蟹　美味しくいただいた。
ひだる亀　返してやるよ、ほれ。

と、しゃれこうべを投げる。

段八　し、信楽丸……。
藤次　無残な……。
悪兵太　許さねえぞ、この化け物どもが！
蛇腹御前　化け物なんて一括りで呼ばれたくはないねえ。あたしらにもちゃんと名前はあるんだ。
貧乏蟹　貧乏蟹！
ひだる亀　ひだる亀！
油ましまし　油ましまし！
蛇腹御前　蛇腹御前！

貧乏蟹　京の都の闇に潜んだ妖かし様達の百鬼夜行《ひゃっきやぎょう》だ。
悪兵太　やかましい！　やるぜ、おめえら！
段八・藤次　おう！

刀を抜く三人。
と、貧乏蟹が妖しい仕草で妖しい呪文を唱える。

貧乏蟹　貧乏金なしハサミあり、それ、チョッキンチョッキンチョッキンな。貯金はないけどチョッキンな。

と、ハサミをふるうと三人の刀がいきなりボロボロの紙切れになる。

段八　か、刀がボロボロに⁉
貧乏蟹　この貧乏蟹様の運切りバサミで、お前らの金運を切った。貧乏人には刀なんかもったいねえ。ボロの紙くずで充分だ。
悪兵太　（刀を投げ捨て）虹川党をなめるな。刀がなくても拳《こぶし》があらあ！

と、素手で殴りかかろうとする三人。

ひだる亀　ひだる亀様がそのやる気をいただくぞ。それ、カーメカメカメ。手も足も出ねえぞ、カーメカメカメ。

悪兵太　あ、なんかもうどうでもいい。

悪兵太、段八、藤次、やる気がなくなる。

妖かし達　いただきまーす！

と、彼らに襲いかかる妖かし達。悲鳴を上げる虹川党の面々。

悪兵太　うわー、やられたあー！

と、妖かし達に囲まれ消え去る虹川党。
それを見てますます脅える渦雅、将監、師師。その三人を睨み付ける妖かし達。

蛇腹御前　さあ、次はお前達だ！
師師　な、なんとかせい、お前達！
　　恐怖にへたり込んでいる師師。
渦雅　おう。（と、剣を向ける）
　　が、将監もへたり込んでいる。
渦雅　どうした、将監。
将監　どうもこうも、腰が抜けて。
渦雅　お前という奴は。
　　一人剣を構える渦雅。
　　と、そこに若い陰陽師《おんみょうじ》、安倍晴明《あべのせいめい》が現れる。
渦雅　せ、晴明！

呪文を唱える晴明。

晴明　天《てん》の神地《ち》の神に乞う。百鬼を遷《うつ》し凶災を鎮めたまえ。

と、妖かし達の動きが止まる。

晴明　急急如律令《きゅうきゅうにょりつりょう》！

という呪文と一緒に五芒星を宙に描く。
と、妖かし達は悲鳴を上げて消え去る。
ホッとする渦雅、将監、師師。

渦雅　助かったぞ、晴明。
晴明　間に合ってよかった。
師師　晴明？
渦雅　はい。陰陽寮でも一番の陰陽師と評判の安倍晴明でございます。

師師　おお、そちがあの。

晴明　ご無事でなによりです、師師様。

師師　礼を言うぞ、晴明。

晴明　この道は百鬼夜行の通り道。命があっただけ幸いと思ってください。これからは決してこの道を通ってはなりません。

将監　はい。もう絶対通りません！　ですよね、師師様！

師師　（将監の勢いに押されてうなずく）ああ、うん。

晴明　それはよかった。この先まで厄払いをしております。今のうちに去られるがよいでしょう。

渦雅　行きましょう、師師様。晴明、恩に着るぞ。

晴明　はい。

うなずく晴明。師師達三人、急ぎ足で立ち去る。と、晴明、周りに声をかける。

晴明　もういいですよ、みなさん。

と、妖かし達が現れる。そのあとに悪兵太率いる虹川党も。信楽丸もいる。

蛇腹御前　どうもありがとうございます。晴明様。
晴明　（妖かし達に）もう大丈夫。あれだけ脅しておいたんだ。これでもう人間がこの道を通ることはないでしょう。
貧乏蟹　いやあ。ここんとこ毎晩のようにあいつらが通るもんで煩わしくて。
ひだる亀　師師とかいう男、どうにもいやな匂いがして我慢できねえ。
蛇腹御前　あたしら、人の気を吸うことはありますが、それでも好き嫌いはある。
油ましまし　あの男の匂いはたまらん。これでようやくゆっくり眠れる。
悪兵太　妖かしに嫌われるとは、よっぽどひどい奴なんだな、あの右大臣は。
晴明　あまり芳しい噂は聞かないかな。悪兵太たちもご協力ありがとう。
悪兵太　いやいや、面白かったよ。日頃、でかい顔してる貴族や役人が俺達の芝居に泡食って逃げていった。いいざまだ。
藤次　検非違使ども、普段なら我等の顔を見ただけで取り締まってきますからな。
悪兵太　この虹川党は、腕を売って食い扶持を稼ぐ兵《つわもの》の集団だ。そこらの追い剥ぎ盗賊の類《たぐい》とは違うんだが。
段八　都の連中にとっちゃ、みんな一緒なんだよ。
晴明　と、言いながらしっかり反物と酒を手に入れたみたいだけど。

悪兵太　ま、このくらいはな。手間賃だ。

「やれやれ」と軽く笑う晴明。

悪兵太　しかしお前も変わった男だな。妖かしの相談に乗って右大臣をだますか。
晴明　貴族も妖かしもあなた達虹川党もみな、この都には必要な方々だからね。
悪兵太　なんで？
晴明　雑多な者が居てこその現世《うつしよ》。清と濁があってこその都。陰と陽の二つが調和して、この世がある。その理《ことわり》を知るのが陰陽道ということだ。

虹川党も妖かしもキョトンとする。

悪兵太　相変わらずわかったようなわかんねえようなことを言う男だな。確かにお前は狐晴明だよ。
晴明　狐晴明か。
悪兵太　人間と狐の間に生まれたから、普通の人にはねえ力を持っているって噂だぜ。だから狐晴明。人は裏でお前のことをそう呼んでる。

晴明　ああ、そうらしいね。
蛇腹御前　ええ、だからこそ、あたしら妖かしも晴明様にならら相談できるってもんですよ。
貧乏蟹　でも、そのせいで陰陽寮で出世ができないって話も聞きますよ。大丈夫なんですか。
晴明　それならそれでかまわないよ。僕は陰陽師の仕事ができればいい。
悪兵太　欲のねえ奴だなあ。まあ、そういうとこが面白えんだけどな。

と、その時、天が唸る。妖かし達、一斉に怖気立つ。晴明もハッと天を仰ぐ。
と、空を巨大な尾を持つ流れ星が走る。その流れ星の尾は九つに分かれ、光の渦が空を覆う。

晴明　……九尾の流れ星？　まさか！

ハッとする晴明。
ふと気づくと妖かしも虹川党も消えて、九匹の白い狐の化身が晴明の周りを取り囲んでいる。
音楽。晴明に襲いかかる九匹の白狐《びゃっこ》。それを踊るように捌く晴明。九尾の狐の象徴の幻視である。

タイトル『狐《きつね》晴明《せいめい》九尾狩《きゅうびがり》』と出る。

――暗　転――

【第二景】

都。大内裏。紫宸殿。

帝を待っている晴明と左大臣、藤原近頼《ふじわらのちかより》。

と、そこに元方院《げんぽういん》と橘師師が入ってくる。元方院は帝の生母、五十代だ。病弱で若い帝に代わり、政《まつりごと》を取り仕切っている。供の若い女官も入ってくる。

元方院　待たせたな、近頼。
近頼　は。元方院様はごきげん麗しく。
元方院　麗しいわけがない。帝は幼く身体も弱く、こうやって我《われ》が国の政に携わらずを得ない。
師師　母君である元方院様のご心労やいかなものか。右大臣左大臣である我等が支えなければな、近頼殿。
近頼　まさに。
元方院　して、今日は何用じゃ、近頼。

近頼　は。陰陽寮の安倍晴明が、天の異変を察知いたしました。急ぎ、帝にご奏上申し上げたいと。
元方院　……ふん。どうも獣臭い匂いがすると思うたが、そ奴がおったか。（と、顔を背ける）
晴明　帝に至急お伝えくださいさい。この国を大災厄が襲うと。
元方院　大災厄？
晴明　はい。今のうちに備えなければこの国は大変なことになります。是非とも帝に。
師師　その必要はない。
晴明　なぜですか！　このままだと都は大変なことになる！

と、憤る晴明。近頼がたしなめる。

近頼　落ち着け、晴明。
晴明　あ、はい。（と気を取り直す）
師師　帝には既に伝えておる。そなた一人が陰陽師というわけではない。
近頼　晴明と同じ占いを？　そんな者が他におるか。
晴明　……まさか。戻っているのですね、彼が。

そこに一人の陰陽師が入ってくる。賀茂利風《かものとしかぜ》だ。

利風　失礼いたします。

晴明　……利風。

元方院　利風、長旅で疲れている身じゃ。あちらで休んでいろと言うたではないか。

利風　元方院様のお心遣いはありがたいのですが、私が顔を見せなければ、納得しない頑固者がおりますので。

近頼　これは、賀茂利風か。いつ大陸から戻った。

利風　都に着いたのは昨日でございます。久しいな、晴明。

晴明　無事で戻ってなによりだ。星を見たか。

利風　ああ。だから今朝一番で知らせに上がった。昨夜の禍《まが》つ星《ほし》は、ただ事ではなかった。

晴明　あれをどう読む。

利風　九尾の妖狐《ようこ》だ。大陸の大妖怪がこの日の本に渡ってきたのだな、あれは。

晴明　……さすが利風だ。

元方院　そなたは陰陽師宗家賀茂家の跡取り。これからは帝の直属である蔵人所《くろうどどころ》陰陽師を務めてもらおう。

師師　晴明、もうそなたの必要はない。下がってよいぞ。
近頼　しかし、晴明がこれまで朝廷に対してどれだけの仕事をしてきたか。師師殿は昨夜も助けられたと聞くが。
師師　それはそれ。この師師、私事《わたくしごと》と政《まつりごと》を混同するような男ではありませぬ。（晴明に）さあ、下がれ。
近頼　師師殿。
晴明　わかりました。
近頼　晴明。
晴明　もうよいのです、近頼様。利風、あとは頼んだぞ。
利風　すまぬな、晴明。
晴明　僕も祈っている。及ばずながらな。
利風　頼む。

その言葉に晴明、微笑んで利風を見る。

少しの間。

晴明　では。（と、立ち上がる）

近頼　あ、待て。

と、晴明の後を追う。南庭に出る二人。

近頼に頭を下げる晴明。

晴明　ありがとうございました、近頼様。あなたがいなければ、元方院様へのお目通りも叶わなかったでしょう。

近頼　そなたは元々、元方院様に嫌われておる、その上、師師殿が昨日の失態の八つ当たりに、そなたを遠ざけるよう元方院様に耳打ちしていると聞いてな。しかし困ったものだな。このままではそなた、陰陽寮での仕事も立ちゆかなくなるぞ。

晴明　そうなればそうなった時のこと。

近頼　いや、それは困る。今の朝廷は帝が幼いのをよいことに、元方院様が気分で動かしておる。こんな時だからこそ、先のことをきちんと読めるそなたの力がいる。晴明、この左大臣藤原近頼、そなたを頼りに思うぞ。

晴明　身に余るお言葉です。

近頼　あの方がもう少しわきまえてくれたら、政も行いやすいのだが……。いや、すまん。これは愚痴だ。

晴明　近頼様、お願いがございます。
近頼　なんだ。
晴明　利風がこの事態に何をどう対処しようとするか教えていただければありがたい。陰ながら彼を手助けしたいと思いますので。
近頼　わかった。まかせておけ。

紫宸殿に戻る近頼。
晴明、印を結ぶ。

晴明　急急如律令。

と、小さく呟くと印を解き立ち去る。
紫宸殿では元方院、師師と利風が話している。

元方院　ああ、汚らわしい汚らわしい。利風、邪気を払っておくれ。
利風　と、申しますと。
元方院　晴明じゃ。あのような狐と人との間に出来たような人外の者、本来ならばこの内裏に出入りするのも汚らわしい。

師師　確かに。元方院様の仰る通り。

等と話しているところに近頼が戻ってくる。

近頼　しかし、あの晴明、陰陽師としての力は並並ならぬものを持っておりますが。

元方院　それも人外の血ゆえと聞く。そこな利風のように修行を重ねて会得したものとは重みが違う。

利風　それほどまでにお嫌いですか、晴明が。

元方院　狐じゃ。狐の妖かしが嫌いなのじゃ。

師師　おいたわしや、元方院様。昔、狐の妖かしに取り憑かれた心の傷がまだ癒えず。

元方院　ああもう、狐と聞くだけで胃がムカつく鳥肌が立つ。その血が流れていると思うと、それだけで晴明のあの、こう、ほにゃらあっとしてすんとした顔に腹が立つのじゃ。

師師　ごもっとも。仰る通りです。あの晴明めが！

近頼　そういえば、あの時の化け狐もそなたが見事退治してくれたな。今度の九尾の狐もよろしく頼むぞ。

が、利風は目をつぶり何かの気配を感じ取っている。

利風　お静かに。

利風、右手の親指人差し指中指を伸ばし薬指小指を軽く曲げ印を作り、静かに呪文を詠唱する。

利風　陰《いん》転じて陽《よう》となる。闇に潜みし妖《あや》しのものよ、今、陽の下《もと》に姿を現せ。乾元亨利貞《けんげんきょうりてい》。

印を作った手を振り下ろす利風。

と、部屋の片隅に白煙が上がり、そこから男女二人のフーリン（狐霊）が現れる。大陸から来た人間態の狐の精霊である。女性はタオフーリン（桃狐霊）、男性の方はランフーリン（藍狐霊）と呼ばれる。

元方院　こ、これは！
利風　大陸から来た狐の妖かし。
近頼　では、九尾の妖狐か⁉　もう内裏まで入り込んでいたとは！

タオ　大丈夫、ラン。
ラン　まさか見つかるとは。
元方院　帯刀《たてわき》、帯刀はどこじゃ！

元方院の呼びかけに控えていた帝護衛の滝口の武士達が駆けつける。率いているのは滝口帯刀《たきぐちたてわき》。

帯刀　滝口帯刀、参りました。
元方院　化け狐どもじゃ。斬ってしまえ。
帯刀　は。

と、抜刀し、ランとタオを囲む武士達。

タオ　逃げよう、ラン。
ラン　ああ。

と、ランとタオ、逃げようと武士をかいくぐり庭を駆ける。

利風、印を組む。

利風　地の神水の神火の神風の神、四大《しだい》の神よ、この地を護りたまえ。

と、手をかざす。逃げようとしたタオとラン、庭の端で足が止まる。見えない壁が二人を阻む。

ラン　く。

タオ　結界⁉

利風　帯刀殿、こ奴らはこの庭に封じました。

帯刀　かたじけない。者ども、かかれ。

と、再びタオとランを取り囲む武士達。ラン、持っていた青竜刀を構える。タオも持っていた得物《えもの》を抜く。

タオ　殺しちゃだめよ、ラン。

ラン　なんで⁉

タオ　なんででも！
帯刀　かかれ。

タオとランを襲う武士達。タオ、武士の攻撃をかわす。手や足など致命傷にならない部分を斬るラン。

元方院　ええい、ふがいないぞ、お前達。
帯刀　おのれ、化け狐ごときが。

手強い相手と見て、帯刀自らが戦う。
二人、互角。

帯刀　こ奴。
ラン　人間のわりにはやるじゃねえか。

その時、利風が張った結界の外側に一人の男がフラリと現れる。道摩法師《どうまほうし》である。
のちに出てくる蘆屋道満《あしやどうまん》にそっくりな顔立ち。

目に見えない壁を探るように確かめる道摩法師。

法師　ふむ。見事な結界ですな。

と、握り拳を振りかぶる。

法師　どっこいしょっと。

拳で見えない壁を殴る。パリーンと砕ける音がする。結界を破ったのだ。

利風　ぬ⁉

法師　結界は解けた。さ、逃げた逃げた。

タオとランを促す法師。

タオ　ありがとう。

ラン　行け、ねえちゃん！

と、逃げ出すタオ。ランは武士を牽制しながら後から逃げる。

帯刀　逃がすな。

と、後を追おうとする武士達。

法師、巨大な玉を作る仕草。その見えない巨大な玉を武士達の方に転がす。見えない玉に弾き飛ばされる武士達。

師師　な、何者だ!!

法師　この都に巣くう隠れ陰陽師、道摩法師と申す。

利風　道摩法師？

近頼　なにゆえ我等の邪魔をする。

法師　あの狐たちは野に置くべき者だ。妖かしあってこその人の都よ。

元方院　ええい、忌々しい。その奴も捕らえろ！

法師　それはかなわぬな。これにて退散としよう。

と、現れた時同様、フラリと姿を消す法師。

元方院　なに、何なの、あれ。

帯刀　追え、追え！

と、タオとランの後を追う帯刀と武士達。

近頼　……しかし、まさか九尾の狐がこの内裏に。

利風　ご心配なく。奴らの行方は占えます。じきに捕まりましょう。

元方院　なんとも頼もしいことよ。しかし、化け狐といい、汚い法師といい、あのような下賤な者達がこの内裏にまで入り込む。この世は乱れきっておる。

利風　この世の乱れを正したいのであれば、一つよい方法がございます。

師師　ほう、それはどんな。

利風　新しき硬貨を造り、それをこの国にあまねく広める。

元方院　硬貨を？

利風　はい。

近頼　しかしそれは難しいぞ。

利風　なにゆえ。
近頼　この日の本も、唐《とう》の国を真似て和同開珎《わどうかいちん》の昔から銅銭を造っておる。が、最近は銅の配分も減り値打ちが下がり、庶民からもクズ銭《ぜに》とバカにされるくらいだ。新しく貨幣を造ろうにも銅が足りぬのだ。
利風　でしたら、新しい銅山がございます。場所は既に見つけております。
元方院　それもそなたの術か。
利風　唐の大国が滅びた後、大陸は幾つもの国が鎬《しのぎ》を削り戦国の様《さま》を呈しております。その中で、どうすれば日の本が平らかで安らかな国になるかを考えておりました。民が信じるに足る貨幣を出すことこそ、帝が国を一つにまとめあげている事の象徴でございます。
元方院　わかった。やりましょう。
師師　まさに。よきお考えかと。
元方院　近頼、師師、さっそく手配を。
近頼・師師　は。
利風　お聞き入れいただきありがとうございます。
元方院　これからも、帝のため政のため、よき道を占うておくれ、利風。
利風　心得ました。

頼もしげに彼を見る元方院。その元方院の表情を読んで、利風に親しげにうなずく師師。その様子を見る近頼。

×　×　×　×

右京。

走って逃げてくるタオ。ランを探す。

タオ　ラン！　ラン⁉

が、ランの姿はない。

タオ　……はぐれた？　そんな。ラン！　いないの！

と、そこに悪兵太と段八、信楽丸、藤次が現れる。

悪兵太　なんだ、なんだ、何を騒いでる。

段八　おい、こいつ、尻尾があるぜ！

信楽丸　狐の化け物だ！
悪兵太　じゃ、晴明が言ってた化け物か！　こんな可愛い娘が⁉

悪兵太達、身構える。

タオ　待って。違う。私は九尾の狐を追ってきたの。
悪兵太　あ？
タオ　九尾の狐は私達一族の仇。ほら、私の尻尾は一本、九本じゃない。
悪兵太　た、確かに。
段八　気をつけろよ、おかしら。相手は化け狐。人を騙すのは得意技だ。
信楽丸　残りの八本は隠してるのかもしれないよ。
悪兵太　でも、可愛いぞ！
タオ　違う！
悪兵太　可愛くないのか⁉
タオ　そうじゃなくて！
悪兵太　可愛いんだ！
タオ　人の話を聞け、バカ！

悪兵太　バカとはなんだ！
藤次　いや、それはおかしらが悪い。人をみかけで判断しちゃいかん。
信楽丸　人っていうか、妖かしね。
悪兵太　え、妖かしなの⁉　こんな可愛い娘が⁉
タオ　戻ったから！　話が延々進まないから！　可愛いとか可愛くないとかどうでもいい！　黙って人の話を聞け‼
悪兵太　……はい。
タオ　私はタオフーリン。大陸の狐の霊の一族。あなた達が九尾の狐と呼ぶ怪物に、私達の一族は殺された。だから、この国に渡ってきたあいつを追って来たの――。
悪兵太　よし、わかった。
タオ　まだ途中。
悪兵太　あとは晴明に話せ。九尾の狐が来るっていうのはあいつの占いだ。俺達よりはあいつに直接話した方がいい。
段八　でも、こいつが九尾の狐だったら。
悪兵太　その時も晴明がなんとかする。どっちにしろ、晴明に会った方が話は早い。

一同納得する。

タオ　晴明って、安倍晴明？　狐の子どもの陰陽師の？

悪兵太　知ってるのか。

タオ　うん。だったら、是非。

悪兵太　わかった。さあ来い。

タオを連れて駆け去る虹川党。

——暗　転——

【第三景】

晴明の回想。三年前。

内裏。

料理を山のように積んでそれを貪り食っている元方院。ぶくぶくに太っている。呆れて見ている女官達。

その様子を心配している師師と近頼。

師師　おやめください、元方院様。
近頼　そのように食されては、お身体に触ります。
元方院　まだ足りぬ。もっと持ってこい。
　女官達、「元方院様」「おやめください」と言いながら、止めようとする。
元方院　ええい、触るでない！

と、止める女官達を恐るべき力で振り払う元方院。吹っ飛ぶ女官達。

と、利風と晴明が現れる。

晴明　これは尋常ではないな。

利風　ああ、妖かしの仕業だ。

と、二人、印を組む。

利風　左に青龍《せいりゅう》、右に白虎《びゃっこ》。

晴明　前に朱雀《すざく》、後ろに玄武《げんぶ》。

と、元方院の周りに白煙が立ちこめてくる。

二人　四方《しほう》の四神《しじん》、百鬼を遷《うつ》し妖魔を鎮めん。急急如律令！

と、呪文の間苦しんでいた元方院、白煙が身を包む。その白煙が解けた時、そこに姿を現したのは藻葛前《もくずのまえ》。狐の妖かしだ。驚く女官達。元方院は、その近くに倒れている。

藻葛前　ば〜れ〜た〜かぁ!!　我こそは藻葛前。飯綱《いづな》の山の霊気を受けて千年生きたそののちに、妖しの術を身につけた御霊狐《みたまぎつね》よ。

近頼　妖かしに取り憑かれていたのか。

利風・晴明　急急如律令!

と、藻葛前、金縛りにあい動けなくなる。

藻葛前　ぬ⁉

利風　お目覚めください、元方院様!

気がつく元方院。

元方院　もうお腹いっぱい。もう食べられない。(などと言いながら目を覚ます)は!　我は何を?　ああ、なぜ、なぜこんなに太っているの⁉

晴明　今のうちに元方院様を。
近頼　おう。
師師　ささ、元方院様、こちらです。

と、元方院を連れて、近頼、師師、女官達逃げ出す。

利風　内裏まで忍び込み元方院様に取り憑くとは。たいした度胸だな。
藻葛前　京の都の貴族どもがたいそう贅沢な暮らしをしてると聞いたからな。どれだけの馳走を食っているかと帝の母親に取り憑いてやったわ。確かに酒も飯も美味かった。また来るぞ。
利風　来られるのは困るな。

と、背に持っていた弓を取り矢を放とうとする。

晴明　だめー!!

と、いきなりキレて、藻葛前の前に立って両手を広げてかばう晴明。

利風　（弓を下げ）あぶないぞ！
晴明　殺しちゃだめ！　だめ、絶対！
利風　こ奴は内裏を汚した妖かしだぞ。
晴明　でも、何をした。元方院様をデブにしただけだろう。殺すほどのことじゃない！

と、ムキになっている晴明。

利風　まったくお前は。（と、苦笑する）

と、弓を天に向けて放つ利風。

利風　急急如律令。（と弓に印を切ると、晴明に）これでいいか。
晴明　ああ。

ようやく落ち着く晴明。

晴明　（藻葛前に）行け。二度と都に来るな。

利風　もし邪心を抱いてこの都に足を踏み入れれば、その時は今放った矢が、お前目がけて落ちてくる。

藻葛前　助けてくれるのか。

利風　その男はな、人も妖かしもすべてこの世にいる方が面白い、そう考えている。安倍晴明がここにいたことを幸運に思え。

晴明　ただ、あなたが人の命をとっていれば、こうはいかなかった。そこのところは忘れないでくれ。

藻葛前　変な人間だね。

利風　待て、一つ聞きたいことがある。なぜ元方院様に取り憑くことができた。この内裏には結界が張られている。いくら御霊狐だとはいえ、そう簡単には忍び込めないはずだ。

と、蘆屋道満が現れる。頭に矢が刺さっている。

道満　この矢を放ったのはぬしらか。

藻葛前　道満様！

利風　蘆屋道満殿。なるほど、あなただったか。
道満　邪心を持って内裏に入ると射貫かれる。たいした術だな。

と、言いながら矢を抜く道満。

晴明　刺さっても平気な顔をしているあなたの方が、よほどたいしたものですよ。
利風　野にその人在りと言われる道満殿なら、確かに我等陰陽師の結界も破れましょう。でもなぜ。
道満　腹を空かせた野狐《のぎつね》に美味いものを食わせてやっただけだ。
晴明　それだけですか。
道満　宮廷に仕えるおぬしらと違い、その日暮らしの法師陰陽師。誰に気兼ねするわけでもない。己《おのれ》が面白いと思う事をやるだけだ。
利風　勝手気ままもよろしいが、あまり無法をやられるとさすがに我等も黙って見ているわけにはいかなくなりますよ。
道満　おぬしら二人を敵に回すほど愚かではないよ。それにそろそろこの都にも飽きた。来い、藻葛。
藻葛前　はい。

と、道満の方に走っていく藻葛前。

道満　安心せい。もう顔は見せんよ。この野狐も、わしもな。

と、二人去る。
それを見送る利風と晴明。

晴明　……おかしな法師だな。
利風　お前と同じくらいな。
晴明　そうか？
利風　……晴明、突然キレるのは改めた方がいいぞ。
晴明　キレる？　僕が？　嘘だあ。
利風　さっきキレてたよ。藻葛前を助ける時。
晴明　え……。
利風　気づいてないのか。それは直せ。心配だよ。私がいない間、お前があの元方院様相手にうまくやれるか。

晴明　ならば行かなければいい。
利風　そうはいかない。
晴明　なぜだ。唐の滅亡以来、今の大陸は幾つもの国が覇権を争い混乱状態だと聞く。なぜ、わざわざそんな所に。
利風　今だからこそだ。国が乱れれば、唐の国がまとめていた学問がバラバラになる。散逸する前に向こうに渡り、我が身に収めて、この国に持ち帰る。それが私が成すべき事だ。
晴明　しかしその間、この国はどうする。帝は幼く、身体も弱い。今の日の本だって決して安泰というわけじゃないぞ。
利風　お前がいるだろう。
晴明　いや、僕は。
利風　僕は、なんだ。お前は私以上の力の持ち主だ。賀茂家の跡取りの私に遠慮して目立たぬようにしているだけではないか。
晴明　それは……。
利風　お前は幼い頃から抜きん出た力を持っていた。それは兄弟同様に育った私が一番よく知っている。ただ、だからこそ、賀茂家の大人達はお前を恐れていた。安倍の家は傍流だからな。陰陽師宗家である賀茂家の面子に縛られた連中は、お前を忌み

晴明　嫌った。賢いお前はそれを悟って一歩引いてくれた。感謝しているよ。
利風　誤解するなよ、利風。力のない者にわざと道を譲ったりはしない。
晴明　ああ。そんなことをされたら、私もただじゃすまさない。だが、だからこそ、大陸に渡る。そしてお前を越える。お前の上に立つにふさわしい術を携えて戻ってくる。
利風　……なるほど。それはいいな。
晴明　私が留守の間、この国を頼んだぞ。
利風　わかった。力を尽くそう。及ばずながらな。

利風、晴明を睨み付ける。

晴明　及ばずながら？　そんな言葉、二度と言うな。お前らしくない。
利風　……そうか、僕らしくないか。
晴明　ああ。
利風　まかせておけ。お前が乗る神輿をしっかり作っておくよ。
晴明　それでいい。頼んだぞ。

と、利風、消える。晴明の回想、終わる。

そこは晴明の屋敷。庭にいる晴明。

晴明　……そうか利風、お前は……。

そこに、牛蔵《うしぞう》と白金《しろがね》が現れる。晴明が身の回りの世話を任せている式神だ。

白金　あれ、先生、泣いてる？
晴明　え？（と、目頭を触る。涙に気づく）そうか。泣いたのか、僕が。
牛蔵　近頼様から知らせが来たよ。
晴明　利風のことかな。
白金　はい。国をまとめるには新硬貨の発行がいいと。
晴明　新硬貨？
白金　元方院様もすっかりやる気だとさ。
晴明　……硬貨、か。

そこに尖渦雅が入ってくる。

渦雅　晴明、いるか。
晴明　これは渦雅さん。

白金と牛蔵、隅に控える。控えるとはいってもかしこまりはしない。各々適当にしている。

渦雅　昨日は助かった。礼を言うぞ。
晴明　無事でなによりでした。
渦雅　しかし、あの百鬼夜行はおっかなかったなあ。お前が来てくれなかったら、俺達も、あのならず者達と同じように喰われていただろう。虹川党か。考えてみれば奴らも可哀想なことをした。
晴明　それで僕に何か？
渦雅　うむ。占いを頼みたい。
晴明　占い？
渦雅　ああ。どうにも自分の行く末がわからなくなってな。お前の知恵が借りたい。
晴明　渦雅さんは、真面目に検非違使の役目を務めている。だから少尉《しょうじょう》の位までいただいている。何の行く末を迷うことがありますか。

渦雅　それよ。昨日、俺と一緒にいたのは又蔵将監という、俺と同じ検非違使少尉だ。とは言え、俺とは真逆の男だ。いい加減で仕事は手抜き。昨日だって、自分の命が助かればいいと勝手な動きを。ところがだ、なぜか師師様が気に入ってしまわれた。

と、師師と将監が現れる。渦雅の回想だ。

師師　将監君。行くよ。
将監　また女ですか、懲りないなあ。渦雅に頼めばいいじゃないですか。
師師　あいつはなんか堅苦しくて。君の方がいいんだよ。その、ずけずけと物言う感じ？
将監　知りませんよ。危ないとこは絶対通りませんから。危なかったら逃げますからね、俺一人で。
師師　その感じ、好き。なんかいい。君といると死なない気がする。
将監　ほら、女が待ってんでしょう。さっさとする。
師師　はーい。

と、回想の二人、消える。

渦雅　俺にはわからん。なんでだ、真面目にやって疎まれるなら、俺はどうすればいい。
晴明　晴明、頼む。俺のこれからの道筋を占ってくれ。
　　　そんなに思い詰めることはない。まあ、白湯《さゆ》でもどうぞ。

と、白金と牛蔵が晴明と渦雅に白湯を出す。

渦雅　（一口飲んで）うまいな、この白湯は。
牛蔵　だろう。富士の湧き水だ。
渦雅　富士だと？　富士のお山か？
白金　ええ。ひとっ飛びして汲んできた。
渦雅　……こ奴ら、例のあれか。（と、印を結んで呪文を唱える仕草）あの、式神とかいう。
晴明　ええ。身の回りの世話を任せてます。
渦雅　さすが、晴明だ。
晴明　そう、感心されても困ります。彼らは嘘もつくので。
渦雅　うそ？　じゃ、富士のお山は嘘か。

牛蔵と白金、いたずらっ子のように笑みを浮かべる。

晴明　でも、この白湯は美味しいでしょう。
渦雅　ああ。
晴明　だったら、それが真実です。富士の湧き水だろうが、賀茂川の水だろうが、美味いものは美味い。人も同じです。
渦雅　うーん。
晴明　あなたの迷いはわかりました。でもそれは僕の占いでどうにかなるものではないですよ。
渦雅　……お前、占うのがめんどくさくて、適当なこと言って、俺を言いくるめてないか。
晴明　はい。
渦雅　ああ、もういい。白湯をもう一杯くれ。
白金　はいはい。

と、渦雅の器に注ぐ。渦雅、飲む。

渦雅　これは酒じゃないか。
晴明　だとしたら、あなたが酒を飲みたくなったのでしょうねえ。

渦雅　お前。……ま、美味いからいいか。

笑う晴明。

と、そこに悪兵太がタオを連れて駆け込んでくる。

悪兵太　晴明、晴明はいるか！（と、渦雅がいるのに気づき）あ。

渦雅も悪兵太に気づく。

渦雅　ん？　お前は……。

と、悪兵太を睨み付けると、ずかずかと彼に歩み寄る渦雅。悪兵太、昨日の芝居がばれたのかとちょっとたじろぐ。晴明は涼しい顔。渦雅、悪兵太の両肩を摑む。

渦雅　そうか、お前も無事だったか。

悪兵太　え？

渦雅　てっきり化け物どもに喰われたと思ったが、生きていたならなによりだ。

悪兵太　え、ああ、なんとかな。（と、渦雅の勘違いに乗っかる）
渦雅　これもお前の仕業か、晴明。
晴明　まあ。
渦雅　そうか。さすがだな。
悪兵太　晴明……。（芝居がばれてないかと目で問う）
晴明　（気にするなという風に）それで何の用かな。えらく急いでいたみたいだけど。
悪兵太　ああ、そうだ。こいつがお前に大事な話があると。タオフーリンだっけ。

タオ、晴明を見つめる。

タオ　……あなたが晴明？
晴明　ええ。
タオ　……でも、この人、人間ですよね。
悪兵太　え？
タオ　安倍晴明と言えば、狐と人間の混血だと聞いていました。でも、この人はただの人間です。
悪兵太　そりゃ違う。こいつは狐の妖かしの血をひいてるって。だから陰陽師の術も優れて

タオ　るって評判で狐晴明って呼ばれてるんだ。
晴明　そんなことはない。人間です。
悪兵太　……その人の言う通りですよ、悪兵太。
晴明　え。
悪兵太　確かに僕はただの人間です。
渦雅　そうなの？
晴明　でも、みんなお前が狐の子だって言ってるぞ。
悪兵太　ですよね。でも、その噂は僕が流しました。
晴明　なに。
人は自分よりもあまりにも優れた能力を持つ者を見ると嫉妬する。それならむしろ異形の者だと思われた方がいい。異形の者なら、人は自分とは違うと最初から相手にしなくなる。仕事をするには、余計な他人の思惑はない方がいい。
渦雅　だが、そのせいで元方院様には嫌われているではないか。
晴明　だから仕事がしやすくなっている。朝廷の余計な揉め事にいちいち呼び出されずにすんでいます。
渦雅　しかし、都の平穏を占い、指し示すのが陰陽師の務めだろう。
晴明　はい、もちろん。でも、朝廷が都のすべてではない。でしょう？

渦雅　……お前という奴は。

悪兵太　いやいや、それでこそ晴明だ。

晴明　(タオに) 狐の子の陰陽師の話を聞いたのは賀茂利風からですね。

タオ　なぜ、それを。

晴明　大陸で僕のことを知っているのは、彼くらいです。そして、今、朝廷にいる利風は偽物。おそらく、彼こそが九尾の妖狐。利風に化けて、この国に渡ってきた。

渦雅　おい、晴明。うかつなことを――。

タオ　(晴明に同意する) 私もそう思います。

晴明　話を聞かせてもらえますか? フーリンとは狐の霊の一族、大陸の深山幽谷の地で数千年の間、霊気に育み育てられた獣人《けものびと》のことだと聞いていましたが。

タオ、うなずく。ここまでの晴明の言動で彼を信じる気になったのだ。

タオ　はい。あの九尾の狐の名前はパイフーシェン (白狐仙)。私達、フーリン一族はあいつに喰われて全滅しました。ただ、私と弟だけが、人間の術士達に救われたのです。

晴明　その術士の中に利風がいた?

タオ　本来フーリン族は人と交わらず暮らしてきました。ですがパイフーシェンは人間達の霊気を求め、村を襲い多くの人を殺した。だから力のある術者達が結集して彼を封印しようとした。その中に、留学生の利風さんもいた。パイフーシェンとの最終決戦に向かう前、彼は私達に言いました。「自分が戻って来なかった時は、祖国の友に何があったかを伝えて欲しい。日の本に災厄が降りかかる時には必ず印《しるし》を残すから」と。
晴明　……印、ですか。
渦雅　じゃ、利風殿は負けて、その身体を乗っ取られて、この日の本に渡ってきたと。
タオ　はい。人間達との戦いでパイフーシェンも傷ついた。再び力を蓄えるために、この日の本に渡ってきた。私と弟は彼の動きを悟って、警告に来たんです。この国を大陸の二の舞にしてはいけない。
悪兵太　妖かしのあんた達がなんでそんな。
タオ　救われた恩には報います。それは私達、フーリン一族の誇りです。
晴明　ありがとう。これで事情は飲み込めた。
渦雅　信じるのか、この化け狐の言うことを。
晴明　当然でしょう。僕は狐晴明ですよ。
悪兵太　で、どうする。内裏に殴り込むか。

晴明　それは乱暴すぎるな。

と、そこに検非違使達がどっとなだれ込んでくる。先頭に立っているのは、将監。

将監　見つけたぞ、九尾の狐！
渦雅　将監⁉
将監　渦雅か。どけ、その女狐《めぎつね》を捕まえるのは俺の役目だ。
渦雅　捕まえる？
将監　さすがは賀茂利風様だ。彼の見立て通り、ここにいたな、九尾の狐。（と、悪兵太がいるのにも気づく）お前は昨晩の野盗。生きていたか。
悪兵太　野盗じゃねえ。
将監　九尾の狐に野盗の親玉。ずいぶんときな臭い奴らが集まってるな。
タオ　もう、何遍言ったらわかるの。私は、九尾の狐じゃない。

と、晴明、タオの前に出て彼女をかばう。
この時、口の中で「急急如律令」と呟く。

将監　かばうのか、晴明。狐は狐同士ってわけか。だったらお前も一緒に逮捕だ。
渦雅　待て、将監。その狐の妖かしの話も聞け。
将監　おいおい、どうした渦雅。お前もその化け狐に取り込まれたか。
渦雅　違う。だが。
将監　あと、呼びすてはやめろ。俺は今日から検非違使大尉《たいじょう》だ。お前よりも位は上だ。将監様と呼べ。
渦雅　大尉だと。
将監　ああ、右大臣橘師師様直々の命だ。
渦雅　そんな。
将監　怪しいなあ、渦雅。お前も一緒に捕まえるか。
悪兵太　てめえ。仲間まで。

と、刀を抜こうとする。

晴明　やめなさい、悪兵太。この安倍晴明、逃げも隠れもしない。尖渦雅様の命に従い、おとなしく捕らえられましょう。タオさんも覚悟を決めてください。
タオ　……わかりました。

悪兵太　おい。

渦雅　晴明。（いいのかと見る）

晴明　しかし、さすがは尖渦雅様。あなたが一人でこの屋敷に乗り込み、私を説得しなければ、こうはいかなかった。そこな将監殿のように、いきなり数を頼みに乗り込んで来られたら、この晴明も秘術の限りを尽くし抵抗した。

と、印を構える晴明。怯む将監。

将監　えー。

晴明　だが渦雅殿、あなたの胆力には恐れ入った。さあ、お縄をおかけください。

と、両腕を出す晴明。タオも同様に。

渦雅　……晴明。

晴明　（小声で）手柄を立てろ、渦雅さん。

ハッと晴明の顔を見る渦雅。小さくうなずく晴明。晴明の意を悟る渦雅。

渦雅　（小声で）すまない。

と、晴明とタオの手首に縄をかけると、大声で言う。

渦雅　安倍晴明と九尾の狐、この尖渦雅が召し捕った！

悪兵太　晴明！

と、助けるために動こうとするが、白金と牛蔵がさりげなくそれを止める。

悪兵太　え。

晴明　（将監に）おや、災難の相が出ていますね。

将監　なに。

晴明　人の手柄を横取りしようなどという邪《よこしま》なことを考えると、百鬼夜行に出会い今度こそは助からないと。お気をつけになった方がいい。

将監　はい。（と、脅えてうなずく）

渦雅　さ、行くぞ、お前達。

と、将監が引き連れてきた検非違使達に指図する。渦雅の迫力に従う検非違使達。
気後れする将監、取り繕って言葉を続ける。

将監　ほら、行くぞ。さっさと引き上げろ。

事態の展開に狼狽して、悪兵太には目もくれず立ち去る将監。
残された悪兵太と白金、牛蔵。

悪兵太　おい、いいのかよ。お前ら晴明の式神だろう。お前らの主人が捕まっちまったんだぞ。
白金　先生が言い出したことだ。仕方ないよ。
牛蔵　俺達が言ってもどうせ聞きやしねえ。
悪兵太　でもタオまで。

笑う白金と牛蔵。

牛蔵　それなら心配ねえ。
白金　ほら、もう出てきていいぞ。

と、声をかけると、奥からタオが姿を現す。

悪兵太　あれ。じゃあ、今のは。

ニヤニヤしている白金と牛蔵。

悪兵太　あ、じゃあ、あれも式神か。
タオ　私をかばってくれた時、身隠しの術を。入れ替わりにあの身代わりが。
牛蔵　先生から言づてだ。「九尾の狐の尻尾を捕まえるから、自分に任せてくれ」だと。
白金　あんたは、このタオさんを護って身を潜めてろってさ。
悪兵太　わかった。そういうことなら。
タオ　大丈夫かな。
悪兵太　ああ、晴明のことだ。きっとうまくいく。俺が保証する。
牛蔵　あんたに保証されてもな。

悪兵太　なんだと。
タオ　私、弟のランを探しに行きます。一人にしとくと何するかわからない。
牛蔵　その件ならわしらが探すよう、先生から言付かってる。
白金　だから、今は隠れてて。この都に関しちゃあたしらの方が詳しい。
悪兵太　勝手にウロウロして役人に見つかったら、晴明が捕まった意味がねえ。
タオ　……はい。
白金　ほら、いつまでもここにいちゃいけない。さっさと行った行った。

と、悪兵太とタオを行かせる白金と牛蔵。

――暗　転――

【第四景】

内裏。その一角。
元方院、近頼、師師と、利風がいる。

元方院　九尾の狐と安倍晴明を捕らえたそうだな。
師師　は。
元方院　さすがは利風。そなたの占い、よう当たる。
利風　ありがとうございます。九尾の狐はいま陰陽寮にて結界に封じております。
近頼　晴明は検非違使庁に捕らえております。
師師　どちらもさっさと殺してしまうがよろしいかと。
元方院　ふむ。
近頼　お待ちください。安倍晴明はこれまで宮廷陰陽師として、しっかりとその任を果たしております。取り調べもせずに死罪とは、さすがに乱暴な話かと。晴明は帝の前で申し開きをしたいと望んでいるとか。よろしければ彼の話を聞いてみてはいかがでしょうか。

利風　利風はどう思う。

元方院　私も近頼様のご意見に賛成です。ただ、九尾の狐は晴明の屋敷で捕まった。かの狐めを詮議し、あらかたの事情を摑んでから、晴明の申し開きをじっくりと聞いてみるが吉かと。私にお任せ願えますか。

元方院　ふむ。近頼、それでよいか。

近頼　は。

元方院　では、よろしく頼むぞ、利風。

うなずく利風。

元方院、師師、近頼、去る。

利風は陰陽寮に移動する。

そこに捕らえられているタオ（式神）。

彼女と二人きりになる利風。そこで腰掛け何かを待つ風。

タオ　……どうした。何も聞かないのか。

利風　晴明の式神に何を聞くことがある。

その口調表情は、今までと異なり若干粗野な印象がある。パイフーシェンの地が出ているのだ。

タオ　……わかっていたのか。

利風　ああ。晴明が俺の正体に気づいたこともな。

タオ　そこまで。

利風　俺はこの陰陽師の記憶を喰っている。だが、まだ完全にではない。どうやら先ほどのやりとりで過ちを犯したようだ。

タオ　……。

利風　図星のようだな。晴明は俺を封じようと考えているようだが、そううまくはいかない。

タオ　く。

逃げようとするタオ。

利風　急急如律令。

と呪文を唱えると、タオ動けなくなる。

タオ　なにを……。

利風　それでもお前は役に立ってくれる。だから、ここに置いている。

と、飛び込んでくるラン。

ラン　助けに来たぞ、ねーちゃん！

利風　ほおら、来た。

と、いきなり利風に向かって剣で襲いかかるラン。

ラン　パイフーシェン、てめえは許さねえ！

利風　（真言《しんごん》を唱える）オン・ダキニ・カンド・カンドマ・ソワカ。

と、利風の背後から白い狐の妖霊が数匹現れる、手に剣。利風に襲いかかろうとするランと戦う。白狐霊《びゃっこれい》を斬り倒すラン。

利風　さすがに腕は立つな。だが。

と、また印を組むと再び白狐霊が現れ襲いかかる。おされるラン。

ラン　く。逃げるぞ。

タオと逃げようとするラン。

利風　急急如律令。

と、呪文を唱えるとタオの姿が消える。

ラン　え!?　ねーちゃん!?　ねーちゃん？

利風　彼女はここだ。

と、一枚の人型の紙切れを見せる。

ランてめえ、ねーちゃんに何をした。
利風俺は何もやっちゃいない。やったのは安倍晴明だ。
ラン安倍……晴明……。（と、思い出そうとする）
利風お前達が探している狐の陰陽師だ。
ランああ、そうだ。そうだった。
利風さっきのはその晴明が作った式神、まあ幻みたいなものだ。
ランなんでそんな。
利風タオを渡したくないから、かな。
ランそうか。ねえちゃんが無事ならそれでいい。安心して、てめえをぶち殺せる！

と、再び剣を構えるラン。白狐霊達が利風を護る。ランに話しかける利風。

利風落ち着け。なんで俺を殺す。
ラン決まってるだろう！　貴様が一族をみな殺しにしたからだ！
利風ああ、そうだ。俺は俺の一族を喰らった。喰らうことで一族の力を自分のものとし

ラン　た。九十九尾の狐霊神《これいしん》となるために。九十九尾。欲張りだなあ、お前は。そんなにいっぱい尻尾をつけたって重いだけだ。
利風　尻尾なんざ一本で充分だ。
ラン　……さすがランフーリン。噂以上のバカだな。
利風　なにい。
ラン　俺達狐の霊、フーリン族にとって尾の数は霊力の強さの象徴だ。尻尾の数ってわけじゃない。
利風　そうなのか！
ラン　ああ、そうだ。狐霊神になれば、神にも並ぶ力を持つ。俺達フーリンが、人間を押さえてこの世を牛耳ることができる。
利風　フーリン族が。
ラン　ああ。人間どもは凶悪だ。このままでは妖かしは奴らに駆逐されてしまう。それを防ぐためには、誰かが人間を押さえ込むしかない。それを俺がやる。大半の仲間達は俺の思いを理解してくれた。自ら俺に喰われてくれたんだ。「お前の中で俺達は生きる。だから、必ずフーリン族の天下を創ってくれ」と言ってな。
利風　なんだと……。
ラン　あと少しだったんだ。だが、それを恐れた人間どもが俺を封印しようとした。奴らは倒したが、俺も傷を負った。結局元の九尾の妖狐に逆戻りだ。犠牲になった一族の意志もまったく無駄になってしまった。

ラン　くそう。（と、利風の言い分に同調しそうになっている自分に気づく）いや、いやいや、騙されないぞ。ねえちゃんはお前が性悪で、自分の野望のために一族を食い物にしたって言ってた。

利風　タオか。あいつはそう言うだろうなあ。きっと俺のことが憎いはずだ。なにせ昔はつきあってたからな。

ラン　そうなの!?

利風　知らなかったのか。

ラン　聞いてない。

利風　別れた男と女の狐にはいろいろと複雑な想いが交錯するんだよ。当事者同士にしかわからないな。お前にも覚えがあるだろう。

ラン　お、おう。（と、虚勢をはる）

利風　今のあいつは俺を憎むことで、自分を保っているんだ。

ラン　確かにねえちゃん、気が強いからなあ。

と、また利風のペースに引きずり込まれるラン。

利風　ラン、お前はなぜ俺を狙う。タオの言葉を信じたから、違うか。
ラン　いや、お前が一族を喰ったから……。
利風　それはみんなの意志だ。その意志を潰したのは人間どもだ。
ラン　あ、そうか。
利風　お前が生き残ったのはなぜだと思う。
ラン　人間が、あんたが今、姿を借りてるその男が助けてくれたからだ。
利風　それはたまたまだ。俺は最初からお前を喰らう気はなかった。お前の腕はたいしたもんだ。俺の相棒にふさわしい。そう思ってたんだよ。だからお前は喰らわなかった。
ラン　でもじゃあ、なんでねえちゃんを助けた。
利風　タオを喰らうとお前は絶対に俺のことを許さない。そんな危険は冒せない。俺にはお前が必要だ。
ラン　そこまで俺のことを。
利風　そこまで考えてるんだ、ラン。俺とお前でフーリン族の世界を創ろう。
ラン　フーリン族の世界か……。
利風　この身体の男、こいつはこの国で妖かし退治をやっていた。大陸に渡ってきたのは、

ラン　妖かし退治の術を極めるためだ。お前達を助けたのも、その実験道具にするためだ。なんだと。

利風　こいつの身体を乗っ取って記憶を喰らってるからな。こいつの考えはわかる。

ラン　記憶を喰う？　なんでも喰うな、お前は。食いしん坊だな。

利風　記憶だけじゃない。こいつの知恵も技もいただいた。フーリンとしての霊力は落ちたが、その分はこいつの陰陽師の能力で補う。そしてこの国の人間の邪念を喰らって、俺は再び九十九尾の狐霊神になる。お前と一緒にな。

ラン　俺もか。

利風　ああ、俺と組めば。

ラン　九十九本か。尻尾の手入れだけで大変だな。たまらねえなあ。（と、嬉しそう）

利風　タオを信じるか俺を信じるか、二つに一つだ。

ラン　……え。

利風　お前の好きにしろ。いつまでも姉貴の言いなりになるか、自分の頭で考えて立派なフーリンとなるか、お前が自分で決めろ。

ラン　……。

考え込むラン。

――暗　転――

【第五景】

内裏。検非違使庁。牢。
そこに捕まっている晴明。
渦雅が来る。

渦雅　晴明、出ろ。元方院様が直々にお前の話を聞いてくださるそうだ。
晴明　元方院様。やはり、帝に直接はかなわないですか。
渦雅　それでも、申し開きの場ができてよかったと思え。
晴明　ですね。
渦雅　しかし本当に利風が九尾の狐なのか。
晴明　渦雅さんが信じたいように。
渦雅　それは冷たいぞ、晴明。
晴明　僕からの願いは、渦雅さんはしっかり検非違使のお役目を全うして欲しい。それがこの都のためですから。

渦雅　……晴明。
晴明　それを一番にお考えください。では、参りましょうか。

と、牢を出る二人。
紫宸殿の南庭に出る。
紫宸殿で待っている利風、元方院、近頼、師師。庭には役人達と帯刀ら滝口の武士もいる。
庭の中央でかしずく晴明。渦雅は九尾の狐かを確かめようと利風を見つめている。
利風、渦雅の視線に気づき、柔らかく微笑み会釈をする。

近頼　晴明、これを返すぞ。

と、役人が晴明に人型の紙を渡す。式神タオが紙に戻ったものだ。

師師　利風がうぬの術を見破った。捕らえられた九尾の狐はうぬが作った式神じゃなえ。
渦雅　え。
元方院　うぬ如きが賢《さか》しら顔で何やら企もうと、我等が騙されると思うか。侮るでない。

渦雅　……そんな。
帯刀　これはどういうことかな、渦雅殿。
渦雅　いや、これは。
元方院　捨て置け、帯刀。今は検非違使などを詮議している時ではない。

ホッとする渦雅。

近頼　晴明、子細、説明してもらおうか。
晴明　この内裏から逃げたのはただの狐の妖かし。九尾の妖狐ではございません。それをわざわざ妖狐嫌いの元方院様の御前にさらすのも気がひけまして。
元方院　言い逃れはやめろ。あれが九尾の狐であることは、利風が見抜いておるわ。
師師　何を企んでおる、晴明。
晴明　企んでなどおりません。私も九尾の妖狐を取り押さえたい。その一心でございます。九尾の妖狐は、まだこの内裏に巣くっております。それを今ここに呼び出して封印いたします。
元方院　なんだと。
近頼　利風、そなたはどう思う。

利風　お前の力で封じられるのか、九尾の妖狐が。
晴明　僕だけでは無理だ。だが、この内裏は先人達が知恵を振るって築き上げた霊的結界。この都の力を借りれば、いくら九尾の妖狐でも抗うことはできない。
渦雅　(呟く)そうか、自ら捕まったのはこの機会を得るためか。
利風　やめておけ、晴明。むだなあがきだ。
晴明　さて、それはどうだろうね。

と、印を組む晴明。

晴明　左に青龍、右に白虎。前に朱雀、後ろに玄武。

と、利風の周りに白煙が立ちこめてくる。

近頼　む?
晴明　四方の四神、百鬼を遷し妖魔を鎮めん。急急如律令!

と、印を切る晴明。と、白煙の中からランが飛び出してくる。利風はその姿のまま。

一同驚く。晴明も驚く。

晴明　これは⁉

と、ラン、晴明にかしずく。

ラン　お呼びでしょうか、晴明様。
元方院　あ、あれが真《まこと》の九尾の狐か⁉
利風　そのようですね。
帯刀　者ども！

と、武士達は元方院を護る。

ラン　晴明様のお言いつけ通り、内裏に忍んでおりました。狙うは元方院と帝の命、手筈通りに‼
晴明　待て、何の話だ⁉

が、元方院に襲いかかるラン。帯刀達、武士がランと戦い元方院達を護る。

近頼　晴明、おのれは元方院様と帝を狙ったのか⁉

ラン　その通り。この都は九尾の妖狐と安倍晴明がいただく。狐の子どもである晴明が、今まで陰陽師として仕えていたのも、今日、この日のためだ‼

渦雅　どういうことだ、晴明⁉

晴明　……やられた。(利風に) 最初からこちらの手を読んでいたか。

利風　ああ、お前の考えていることはお見通しだ。私は賀茂利風だからな。

晴明　ぬけぬけと。

と、ランの剣を押さえて額に印をかざす利風。

利風　乾元亨利貞《けんげんきょうりてい》。

と、電撃が走ったように衝撃を受けて、動きを止めるラン。

利風　これで大丈夫。この妖狐の邪念は浄化いたしました。

師師　晴明。元方院様と帝のお命を狙うとは、なんと恐ろしいことを!!
近頼　皆の者、晴明を捕らえよ。
元方院　捕らえる必要はない。大逆の罪で死罪じゃ。
晴明　元方院様!
元方院　近頼、そなたが話を聞けと言うたからこの場を設けた。その結果がこのざまじゃ。帝を、朝廷を愚弄する者は容赦せぬ。この場で斬って捨てい。
利風　ならば。目覚めよ。

と、ランが起き上がる。

利風　この者、邪念は消え、今は荼枳尼天《だきにてん》の化身となり、我が手足となって妖しき者を討ち果たします。よいか。あの狐陰陽師の首を取れ。

と、ラン、うなずく。

ラン　おまかせください、利風様。

と、ここまでの流れ、利風が書いた筋書きだった。ランはそれに応じて芝居をしていた。ここからは本気で晴明を狙うラン。

晴明　よせ、ランフーリン。
ラン　やかましい。往生しろ、晴明。
利風　狐退治は狐にまかせればよろしいかと。
元方院　おお、これはよき趣向。さすが利風じゃ。

必死でランの剣をよける晴明。
と、渦雅が叫ぶ。

渦雅　またれい、またれい！

と、刀を抜いてランと晴明の間に割って入る。晴明に刀を向ける渦雅。

渦雅　都を護るは検非違使のお役目。安倍晴明への処罰はこの尖渦雅にお任せ願いたい。
晴明　……渦雅さん。

渦雅　元方院様からの命だ。俺は検非違使の職務を全うする。お前が言った通りにな。
晴明　……。（それでいいという風にうなずく）

剣を構える渦雅。
と、その時、白煙とともに内裏に妖かし達が乱入してくる。蛇腹御前、貧乏蟹、ひだる亀、油ましまし、牛蔵に白金もいる。
彼らを率いているのは道摩法師。

法師　ほうらほうら、ご覧あれ。百鬼夜行《ひゃっきやぎょう》ならぬ白昼堂々の百鬼昼行《ひゃっきちゅうぎょう》だ。

と、白煙にまかれる一同。

牛蔵　先生。
白金　こっちこっち。

と、二人に招かれて、晴明は白煙の中に消え去る。

渦雅　待て、晴明！
ラン　逃がすか。
帯刀　追え追え！

と、渦雅やラン、他の武士が追おうとするが、見えない壁にぶち当たる。

ラン　なんだ、こいつは！
元方院　ええい、帝がおわすこの内裏になぜこのような妖かし如きが。
法師　前に言うたであろう。妖かしあってこその人の都よ。
元方院　また、おのれか、隠れ陰陽師。
ラン　どけ！

と、法師が作った見えない壁を突き破り法師に打ちかかる。

法師　ぬう。

と、ランの剣を杖で受ける法師。掌底でランを打つ。吹っ飛ぶラン。

ラン　く！　やるじゃねえか。
師師　なんとかせい、利風。
利風　（気配を読んでいたが）そうか。そういうことか。（と、一同に言う）落ち着かれよ、みなさん。これは妖かしどころか、ただのまやかしです。急急如律令！

と、印を切る。
白煙が立ちこめ、妖かし達の姿は消える。
代わりに白い人型の紙切れが幾つも散らばっている。
渦雅とランがそれを拾う。

渦雅　これは……。
利風　晴明の式神です。まんまと奴めに出しぬかれました。
元方院　では、さっきの奴らは晴明が。
利風　はい。先日、私がこの内裏に潜んでいた九尾の狐を見破った時に現れたのも、先ほどの隠れ陰陽師。おそらくあれも。
近頼　晴明の式神だったと申すか。

師師　なんて奴だ。
利風　しかし、これで晴明の本性がわかりました。隠れ陰陽師に化けた式神を放ち、己の破壊欲を叶えていた。まさしく逆臣のあかしかと。
元方院　ああ、その通りじゃ。
利風　晴明の始末はこの利風にお任せください。
元方院　よろしく頼むぞ。
利風　しかし、妖かしやあのような逆臣がはびこるのも、世の乱れから。一日も早く新硬貨を世に広めましょう。
元方院　わかっておる。のう、近頼、師師。
師師　ははー。利風殿が示した場所に新たな銅山があるか、今、調べております。
近頼　銅が出ればすぐに硬貨鋳造にかかれるよう手筈も整えておりますれば、今しばらく。
元方院　それでよい。引き上げるぞ、帯刀。
帯刀　はは。
師師　お待ちください、元方院様。

と、元方院は立ち去る。彼女を護って帯刀達武士も去る。師師も一緒に去る。ランに声をかける利風。

利風　いくぞ。
ラン　は。

残される近頼と渦雅。渦雅、式神の紙を握っている。

近頼　……まさか晴明がな。
渦雅　私は検非違使です。都に仇なすものは許しません。それだけです。

そう言って晴明が去った方を見る渦雅と近頼。

×　　×　　×　　×

右京。

悪兵太、段八、信楽丸、藤次がいる。その前に立つ旅姿の晴明とタオ、牛蔵、白金。

悪兵太　いいのか、一緒について行かなくて。
晴明　追われているのは僕とタオさんですから。
タオ　ごめんなさい、こんなことになって。

悪兵太　逃げる当てはあるのか。
晴明　もちろん。それに逃げるんじゃない。行くんです。
タオ　え？
晴明　（悪兵太達に）あなた方にはあなた方の成すべき事がある。それまでは何があっても生き延びてください。必ずもう一度会う日が来る。
悪兵太　わかった。お前もくたばんなよ。絶対な。
晴明　ああ。
牛蔵　先生、近頼様から知らせだ。これからも都の様子は教えてくれると。
晴明　そうか。それは助かる。こちらの動きも伝えましょう。近頼様ならきっとうまくやってくれる。
白金　タオさんも行きましょう。
タオ　はい。
晴明　では。

と、晴明とタオ、白金、牛蔵は旅立つ。
見送る虹川党。

×　　×　　×　　×

利風が現れる。式神の紙を一枚持って見ている。ランが後から現れる。

ラン　あんなもんでよかったか。
利風　ああ。いい芝居だったよ。おかげで晴明を追い詰められた。
ラン　しかし、式神の法師にあんな力があるとは。安倍晴明、甘く見ちゃいけねえ。
利風　晴明だけの力じゃない。あれはこの都の霊力も使ってる。
ラン　この都?
利風　奴は、この都の霊力を使って俺を封じると言っていた。確かにこの都はこの国の霊力を集める仕組みになっている。ここなら俺の回復も早くなる。
ラン　尻尾も九十九本に増えるか。
利風　そういうことだ。お前は晴明を追え。あいつの首を取ってタオを連れてこい。
ラン　まかせろ。俺はあんたと組むって決めたんだ。

と、駆け去るラン。

利風　一時しのぎで逃げたところで、もう俺を止める手立てはない。あとはじっくり狩るだけだ。

と、不敵に笑う利風。

と、背後に「『狐晴明九尾狩』 休憩」の文字が浮かび上がる。

それに気づく利風、呪文を唱える。

利風　オン・ダキニ・カンド・カンドマ・ソワカ。

と、『狐晴明九尾狩』の中の『狐晴明』と『九尾』の文字が入れ替わり『九尾狐晴明狩』に変わる。

それを見て満足そうに微笑む利風。

利風　では、のちほど。

と、客席に微笑んで闇に消える。

――第一幕・幕――

―第二幕― 安倍晴明　妖狐に騙る

【第六景】

丹波国。山道。
牛蔵と白金が火を起こし鍋をかけている。
晴明、タオが現れる。

晴明　この辺でひと休みしますか。
牛蔵　飯、作っておいたぞ。
白金　タオは食べる?
タオ　いただきます。
牛蔵　妖かしだけど飯は食うのか。
晴明　食材を調理するということは、木火土金水《もくかどごんすい》五行それぞれを集め一つにし、新たなる物を生み出すということ。その新たな物の気を体内に取り入れると考えれば、気の塊である妖かしが食事をしてもおかしくはない。
牛蔵　はいはい、能書きはいいから。冷めちまうぞ。

と椀に汁をよそう牛蔵。

白金　（タオに）気にしないでね。能書きたれるのが生業《なりわい》だから。

タオ　いえ。フーリン族のご先祖様が、人の気を吸わずに生き長らえる方法を考えたと、長老から聞いたことがあります。（食べる）おいしい。

晴明　人間を襲わないですむように、ですね。争いの種は少ない方がいい。賢い選択です。

と、手を止めるタオ。

タオ　ごめんなさい。晴明さんまでこんなことに。あのパイにつくなんてほんとにバカな弟！

晴明　心配しないで。必ず、九尾の妖狐の野望は止めてみせます。

その時、剣を持ったランが飛び出してくる。

ラン　面白え。止められるもんなら止めてみな。

タオ　ラン！
ラン　やっと見つけたぜ、晴明。今度こそ、てめえのその首叩き斬ってやる。
タオ　ラン！　なに言ってるの、あなた。いつからそんな乱暴な口のきき方するようになったの！
ラン　ねえちゃん。
タオ　晴明さんには、ねえさん、ほんとに世話になってるのよ。その人に向かって、なに。「てめえのその首叩き斬ってやる」なんて。無作法にも程がある！　フーリン一族の恥さらしよ！　わかってる⁉
ラン　あ、はい。
タオ　まず、こんにちは、でしょ！
ラン　こ、こんにちは！（とおじぎする）
晴明　はい、こんにちは。

ラン、ハッとする。

ラン　って、なんで殺そうと思ってる相手におじぎしてんだよ、俺は。
タオ　あなたが素直だからよ。だから、パイフーシェンなんかにだまされるの。

ラン　だまされてねえ。あの人は、フーリン族の天下を創ろうとしてるだけだ。このまま じゃ妖かし達は人間に滅ぼされる。その前に自分が人間達を支配して、俺達フーリン族がこの世を握る。

晴明　どうやって。

ラン　この国の人間の邪念を喰らって九十九尾の狐霊神になる。

晴明　なるほど。

ラン　なのになぜねえちゃんは、人間達に味方する。一族の仇か。でも、みんなは望んでパイに喰われたって言ってた。あの人の野望に手を貸すために。

タオ　え……。

ラン　だから俺は俺の考えであの人についた。

タオ　嘘よ。あの男はそういう嘘をつくの。

ラン　じゃ、あんたは嘘をついてないのか。昔、つきあってたの、なんで黙ってた。

タオ　あの男、そんなことまで。

晴明　ほう。

ラン　やっぱりほんとなんだ。

タオ　まったくペラペラと。でも、つきあってたからわかるの。あの男を信用しちゃいけない。あいつは自分の事しか考えない男なの。

ラン　ねえちゃんはパイを憎むことで、やっと自分を保《たも》ってる。今回だって、人間を救おうなんて考えてるんじゃない。ただ、あの人の邪魔がしたいだけだ。

晴明　そうなの？

タオ　違います！　そんなんじゃない！

ラン　とにかく俺はそいつを殺す。そしてねえちゃんを、パイフーシェンのもとに連れていく。それが俺の役目だ！

と、晴明に襲いかかるラン。

タオ　させない！

と、持っていた得物でランの刀を受ける。

ラン　どけ！

と、刀をふるうラン。受けるタオ。その様子を見ている晴明、白金と牛蔵に声をかける。

晴明　仕方がないですね。あれを。

白金・牛蔵　はい。

と、白金が護身月光剣《ごしんげっこうけん》、牛蔵が破敵陽輪剣《はてきようりんけん》を出す。朝廷の神器、大刀契《だいとけい》の中の護身剣、破敵剣を参考に晴明が作った破邪《はじゃ》の剣である。

晴明、二刀流でランとタオの間に割って入る。

晴明　（タオに）下がって。

タオ　晴明さん、剣使えるんですか。

晴明　一応ね。（右手の陽輪剣を示し）すべての敵を駆逐する破敵陽輪剣、（左手の月光剣を示し）己を護り邪《よこしま》を癒す護身月光剣。陰陽道に伝わる神剣です。ほんとは儀式用なんですけどね。

ラン　ふざけるな。儀式用で俺に勝てるか！

と、晴明に打ちかかるラン。そのランの攻撃を二刀で受ける晴明。腕は互角。

ラン　やるじゃねえか！

と、襲いかかるラン。その剣を晴明の剣が弾き飛ばす。

ラン　なに!?

いったん剣を止める晴明。

後ろに飛んで、剣を掴むラン。手心を加えられたことに頭にくる。

ラン　なめんじゃねえ!!

と、猛烈な勢いで襲いかかる。

タオ　ラン、やめて！

しかし、ランの猛攻は止まらない。晴明の剣が弾かれ、ランの剣が晴明の胴を斬り裂く。

ラン　どうだ！
晴明　ぐ！
白金・牛蔵　先生！

倒れる晴明。同時に白金と牛蔵も消え去る。

タオ　え⁉　晴明さん！

と、駆け寄るタオ。倒れている晴明の様子を見る。すでに息はない。

タオ　……そんな。
ラン　安倍晴明、その首もらった‼

と、晴明の首を落とそうと剣をふる。その剣を自分の得物で払うタオ。

タオ　いい加減にしなさい！

ラン　え。
タオ　なんてことしたの、ラン！　あんたのせいで晴明さん、死んじゃったじゃない！

怒り心頭に発しているタオ。その勢いにおされるラン。

ラン　……あの、その首……。
タオ　渡すわけないでしょ!!
ラン　はい。
タオ　このバカ弟！
ラン　……あの、……パイがねえちゃん連れてこいって……。
タオ　行くわけないでしょ！
ラン　ですよね。
タオ　パイフーシェンに伝えて。たとえ一人になっても、あなたの野望は止めてみせる。
ラン　ねえちゃん……。
タオ　ねえちゃんって呼ぶな！　もうあんたを弟とは思わない。邪魔をするならあなたも仇！
ラン　……。

タオ　とっとと消えて！　私の前から今すぐ！
ラン　お、お、俺だっていつまでも、弟扱いはごめんだ。ねえちゃんの馬鹿野郎!!

と、捨て台詞を残して駆け去るラン。
ランが消え、大きく息を吐くタオ。

タオ　ごめんなさい、晴明さん。私のために。でも、パイは必ず私が止めます。

晴明の亡骸を見つめる。このままにしてはおけないと、草むらの中に引っ張っていく。と、白金と牛蔵が出てくる。

牛蔵　一人じゃ重いぞ。
白金　手伝うから。
タオ　あ、ありがとう。

と、三人でかついで草むらに晴明の遺骸を隠す。と、牛蔵が線香を、白金がおりんを持ってくる。

白金　はい。
タオ　あ、何から何まで。

と、おりんを鳴らして合掌して祈るタオ。

タオ　成仏してください、晴明さん。

と、拝んでいるタオの後ろから晴明が現れて、一緒に拝む。気配に振り向くタオ。
晴明がいるので驚く。

タオ　晴明さん！（そこで初めて牛蔵と白金が復活していることを認識する。ここまでは動転していて気が回らなかったのだ）あ、あなた達も。生きてたんですか、晴明さん。
晴明　ええ。
タオ　って、ちょっと待って。

タオ、晴明の遺骸を隠した草むらに向かう。

その間に転がっていた陽輪剣と月光剣を拾う晴明。

タオ　あった。（と、式神用の人型紙を示す）やっぱり、さっきのは式神？

晴明　ええ。剣を持った時に入れ替わりました。（陽輪剣と月光剣を牛蔵と白金に返しながら）ランと戦えたのは、この神剣の力のおかげです。

タオ　（ホッとしながら）まんまとだまされた。

晴明　ありがとう。あなたが本気で憤り嘆いてくれたから、弟さんも僕の死を信じたんです。これで少しは時間が稼げました。

タオ　時間？

晴明　ええ。利風の狙いを封じるための。こちらの狙い通りです。

タオ　狙いって。

晴明　利風の策を封じるためには、どうしても都を離れる必要があったのでね。僕が理由もなく都を去れば、利風に何か企んでいると思われます。でも、やむを得ずに逃げ出したと見えれば、それ以上の意味は詮索しなくなる。

タオ　じゃあ、内裏でのパイの正体暴きの失敗もわざと……？

晴明　はい。ランくんが現れるのは想定外でしたが、いずれにせよ利風は邪魔をしてくると思っていました。だからそこに乗じた。ランくんに僕が死んだと思いこませれば、

タオ　なおのこと時間は稼げる。
晴明　なぜ、ランが追ってくると。
タオ　利風には、京の都にいた方が回復が早くなるという情報を与えた。今の彼の一番の狙いは自身の力の回復です。僕らを追うことは誰かに任せるはず。
晴明　じゃ、全部計算ずくですか。
タオ　ここまでは。これは僕と利風の知恵比べです。
晴明　……なんかあたし、バカみたいですね。あなたが死んだなんて本気で怒って。
タオ　バカじゃない。あなたは立派なフーリン、大陸の誇り高き狐の霊の一族ですよ。え。
晴明　でなければ、知り合いもいないこの島国で、一人ででも戦うなんて言えやしない。

白金と牛蔵もうなずく。

タオ　……はい。……ありがとう。
晴明　さ、行きましょう。目的地まではまだかかります。

と、再び歩き出す晴明達。

――暗転――

【第七景】

京の都。内裏。金蔵。
新規に鋳造された銅銭が積み上げられている。その前に立つ元方院、近頼、師師、利風。

元方院　利風、どうじゃ。新しい銅銭だぞ。
師師　そなたの言う通りの場所に新しい銅山が見つかった。これだけの銭がこの期間で造れた。

銅銭を一つ見る利風。

利風　見事でございます。では、国家安寧の念を込めるために、只今よりこれらの硬貨に浄めの儀式を行いたいと思います。
元方院　よろしく頼むぞ。

と、立ち去る元方院と師師。
が、近頼は一人残っている。

利風　いかがいたしました、近頼様。
近頼　……利風、そなた、本当に晴明が逆臣だと考えておるのか。
利風　はい。
近頼　……大陸で何があった。
利風　と、言いますと。
近頼　戻ってきてからのそなたはどこか以前と違う。兄弟、いやそれ以上に信頼していた晴明を、それほど簡単に見限ることができるのか。
利風　私はただ、事の真理を見抜くだけ。心変わりを問うのならば、私ではなく朝廷に叛旗を翻した晴明にではありませぬか。
近頼　それもそうだな。……つまらぬことを聞いた。では。

と、立ち去ろうとする。その背中に声をかける利風。

利風　近頼様はずいぶんと晴明を買っておられた。さぞご無念なことでしょう。
近頼　ああ。だが、こうなってしまえば仕方がない。
利風　晴明の代わり、私が務めましょうか。
近頼　……代わり？
利風　近頼様は、晴明と元方院様の不仲を煽り、決定的に仲違いさせたあと、その遺恨で晴明に元方院様を呪い殺させるつもりだった。そして、あなたが政《まつりごと》の実権を握る。それが狙いですね。
近頼　利風、戯《ざ》れ言《ごと》はやめろ。晴明は二度と都には戻れません。それだけの手は打ってあります。
利風　……お前ならば、な。
近頼　そう、私ならば。私ならば、元方院様の信頼も厚い。あなたの望み、私の方が遥かにたやすく叶えられますが。
利風　……。
近頼　しかしそのためにも晴明の動きは知っておきたい。あの男が都の外で何をしようとしているのか、近頼様ならご存じのはずかと。
利風　……晴明は逃げたのではないのか。
近頼　はい。だが、逃げるように装って、実は都から出るのが狙いだったのではないか、とも考えております。

近頼　なぜ？

利風　あの男にしてはあまりにもあっさりと逃げた。それがどうも腑に落ちない。追っ手を差し向けてはいますが、晴明の狙いを知るに越したことはない。

近頼、笑い出す。

近頼　たいしたものだ、利風。

と、手紙を渡す。

近頼　晴明の式神が持ってきた。奴め、諸国に潜む妖かしどもの力を借りようと考えておる。

利風　それで都の外へ。

近頼　晴明によれば、都に九尾の狐が巣くっている。自分はその策にかかってしまったが、都を離れてそれを封じる策を練っておると書いている。

利風　なるほど。

近頼　これからも素知らぬ顔をして晴明からの知らせは受け取る。それをそちに知らせる。それでよいな。

利風　はい。

近頼　……利風、私には娘がおる。やがてその子が帝に嫁げばいい。そう願うておる。

利風　お孫様を帝にする。ご自身の血を王朝の血筋に加える、ということですか。さすが近頼様、欲深い。

近頼　……先ほどは言い忘れたがな、私は戻ってきてからのそなたの方がよい。そう思うぞ。

利風　ありがとうございます。

立ち去る近頼。

利風　……たやすいものだな。

と、奥に声をかける利風。

利風　戻ったか、ラン。

と、ランが姿を見せる。

利風　ずいぶん時間がかかったな。晴明はどうした。
ラン　むろん仕留めた。この剣でな。
利風　首は？
ラン　え？
利風　首を取ってこいと言ったはずだが。
ラン　……捨てた。
利風　なに？
ラン　途中で変な匂いがしだしたから、捨ててきた。
利風　……タオは。お前の姉貴を連れてこいとも言ったはずだが。
ラン　……殺した。
利風　はい？
ラン　言うこと聞かなかったから、晴明と一緒に斬った。
利風　……。（じっと見つめる）
ラン　二人重ねて、こう、ズバーッって。

利風　嘘だな。
ラン　（目をそらして）ほんとだよ。
利風　嘘だろ。
ラン　ほんとだってば。

と、顔を背けるランの額に指をあて呪文を唱える。

利風　オン・ダキニ・カンド・カンドマ・ソワカ。

と、ランの見た過去の風景が見える。
バックに映像で浮かび上がる。ただし、ランの視点なのでタオが真っ正面に見え、後ろに倒れている晴明が見える。ランの姿は見えない。

タオ　なんてことしたの、ラン！　あんたのせいで晴明さん、死んじゃったじゃない！
ラン（声）　……あのその首……。
タオ　渡すわけないでしょ!!
ラン（声）　はい。

タオ　このバカ弟！

そこで指をランから放す利風。映像が消える。

ラン　いや、これは。（と、ごまかそうとする）
利風　晴明を斬ったことは本当のようだな。本物かどうかはわからんが。
ラン　斬ったぞ、俺は。
利風　まあいい。奴らが都の外で何をしようが、狐霊神への進化を止めることはできない。
ラン　そうなのか。
利風　ああ。これを見ろ。

と、積み上げられた銅銭を見せる。

ラン　これは銭だな。
利風　そうだ。こいつが俺を狐霊神にしてくれる。この都にいたままな。
ラン　こんな物がか。
利風　銭こそは人の欲の象徴だ。新しい銅銭には俺の術をかける。米や絹は使えばなく

ラン　なる。だがこの銭はずっと人の世を周り人の恨み辛《つら》み、欲望や呪いを吸収し続ける。その銭を税という手段で再び集め、この都の力で増幅させる。凝り固まった人の邪気を喰らって、俺は今度こそ九十九尾の狐霊神へと進化する。すげえな！　銭は霊気の貯金箱だな！　銭だけにな!!

すごくうまいことを言った風にどや顔のラン。利風、呆れる。

利風　……そうだな。
ラン　聞き流したな。もういっぺん言うぞ、銭は……。
利風　もういい！
ラン　えー。
利風　お前も一緒に狐霊神になる。そうすればさすがのタオもお前を認めざるを得ない。それまでは俺の命に従え。そして黙って俺の話を聞け。
ラン　わかった。

利風、銅銭の前で印を組み、術をかけ始める。
ここから、利風の提案により鋳造された新しい銅銭は〝賀茂銭《かもせん》〟と呼ばれる。

×　×　×　×

しばらくして。右京。

市が立っている。人々が賀茂銭を使って品物の売買をしている。賀茂銭は銭差《ぜにさし》でまとめられた緡銭《びんせん》になっている。

絹商人が、反物を売って銭を山のように貯め込んでいる。と、一人のゴロツキがフラフラとやってくると、緡銭を摑んで逃げ去る。

絹商人　泥棒!!

と、ゴロツキを追う。ゴロツキを捕まえてその銭を横取りしようとする者。その隙に別の人間が絹商人の銭を盗もうとするなど銭をめぐって大騒ぎになる。

その騒ぎを聞きつけて現れる悪兵太と一党の段八、信楽丸、藤次。

悪兵太　なんだ、この騒ぎは。

と、止めに入る悪兵太達。

段八　やめろやめろ。
信楽丸　やめねえと叩き斬るぞ！

と、刀を抜く信楽丸。
力ずくで騒ぎを押さえる虹川党。悪兵太、騒ぎの途中でゴロツキからもぎ取った緡銭を見る。

悪兵太　こいつが騒ぎの大元か。
藤次　ああ、賀茂銭だな。賀茂利風が元方院に進言して造らせた新しい硬貨だ。
段八　こいつは今までの悪銭とは違う。銅の分量もたっぷりだ。だからみんな銭を集めるのに夢中だ。
信楽丸　（銭をながめ）それに見てるとなんかムラムラするのよねえ。奪い合う気持ちもなんかわかる。
悪兵太　……なんかまずくねえか、それ。あの利風ってのは九尾の狐だ。何か企んでるんじゃねえのか。

と、改めて緡銭を見る悪兵太。

そこに渦雅、将監率いる検非違使が駆けつける。帯刀もいる。

渦雅　そこまでだ、悪兵太。

悪兵太　渦雅、何の用だ。

将監　決まっている、貴様らを捕らえに来た。

悪兵太　なに。

段八　俺達が何をした。

将監　その銭はなんだ。貴様ら商人《あきんど》を襲って、銭を奪ったな。

悪兵太　違う。俺達は騒ぎを鎮めただけだ。

帯刀　静かにせい。都を騒がす不届き者達は、みんなまとめて捕らえろ。それが元方院様の命だ。

悪兵太　冗談じゃねえ。俺達虹川党は、京の都を裏から護る、恐れ知らずの兵《つわもの》だ。盗っ人呼ばわりされて捕らえられる覚えはねえ！

将監　やかましい。百鬼夜行の夜、師師様の反物と酒を奪っただろう。俺はちゃーんと覚えてるんだ。

悪兵太　あれはてめえがくれたんじゃねえか！

将監　……やれ、渦雅。こんな奴ら斬ってしまえ。

渦雅　いえ、それはできません。
将監　俺の命令が聞けないのか。
渦雅　殺すのではない。必ず捕まえろ。それが元方院様の命です。行くぞ、者ども！

と、襲いかかる検非違使達と帯刀。
応戦する虹川党。

悪兵太　渦雅、てめえ、それでいいのか。
渦雅　何が言いたい。
悪兵太　朝廷は化け狐に牛耳られてんじゃねえのか。それを見過ごしてていいのかって聞いてんだよ。
帯刀　悪党が、何を戯言《たわごと》を抜かしておる。

と、悪兵太に斬撃。帯刀、強い。悪兵太に傷を負わせる。

悪兵太　く。さっさと殺しやがれ。化け狐の言いなりになったてめえらに捕まるくらいなら、斬られる方がよっぽどましだ。

と、反撃する。

信楽丸　よく言った、おかしら！

だが、帯刀の剣は悪兵太を追い詰める。

悪兵太　てめえら、覚悟を決めろ。兵《つわもの》には兵の意地があらあ！

悪兵太をかばう段八、藤次。

段八　はやまるな、おかしら。
藤次　晴明殿の言葉を思い出せ。
段八　何があっても生き延びろ、そう言われただろうが。
悪兵太　……ああ、そうだったな。

と、刀を投げ捨て、腕を組みあぐらをかく。

悪兵太　さあ、煮るなり焼くなり好きにしろ。
渦雅　やれ。

と、検非違使、悪兵太達四人を縛り上げる。

悪兵太　これで満足か、渦雅。
渦雅　俺は検非違使だ。都を騒がす者を取り締まる。それが俺の仕事だ。
悪兵太　その都ってのはなんだ。
渦雅　なに？
悪兵太　この荒れ果てた右京も、俺達のようなはみ出し者も、妖かしまでひっくるめて、全部いてこその都だ。晴明はそう言ってたぜ。
渦雅　……。
将監　貴様らゴミがなに能書きたれてる。帝と貴族あっての都なんだよ。ほら、行けよ。
段八　どこに。
帯刀　お前達は銅山送りだ。
悪兵太達　えー。

将監　渦雅、お前が送っていけ。
渦雅　え。
将監　戻ってこなくていいぞ。お前はこれから銅山番だ。
渦雅　銅山番？
将監　銅山で坑夫達を監視するお役だよ。
渦雅　待て、そんな話は聞いてないぞ。
将監　だから今話している。近頼様のご命令だ。
渦雅　……そんな。俺は京の都を……。
将監　それは俺達にまかせろ。
帯刀　渦雅殿。ここはお覚悟を。
渦雅　……。

衝撃を受けている渦雅に、慰めの声をかける悪兵太。

悪兵太　……渦雅。

覚悟を決める渦雅。

渦雅　来い、悪兵太。

と、虹川党を連れて足早に去る渦雅。

悪兵太　おい、待てよ。

後に続く虹川党達。

将監　しっかり掘れよ。新しい銅銭は、お前らにかかってるんだからな。

バカにした表情で見送る将監。
帯刀は惻隠の情で見送る。

――暗　転――

【第八景】

播磨国。
山道を進む晴明、タオ、牛蔵、白金。
濃い霧が出ている。

牛蔵　酷い霧だな。
晴明　足下に気をつけて。

タオ、疲労困憊している。よろよろと歩いているが、バタリと倒れてしまう。

白金　タオさん⁉
晴明　どうしました。

白金、タオに水を飲ませる。

晴明　霊峰富士の清め水です。妖かしにも効く。

一息つくタオ。起き上がる。

タオ　……すみません。すごく疲れてしまって……。
晴明　疲れる？
タオ　さっきからずっと同じ所をグルグル回っていませんか。私達、すっかり道に迷ってます。
牛蔵　そうか？
白金　そんな風には思わなかったけど。

タオの様子を見ている晴明。

晴明　……そうか、これは迂闊だった。タオさん、それはあなたの心のせいですよ。
タオ　私の？
晴明　迷っているのは道ではない。あなたの心です。

タオ　……え。
晴明　（周りを見て）この霧はあなたの心の霧。それを晴らすのはあなたにしかできない。

意を決して口を開くタオ。

タオ　……私はランに嘘をつきました。一族の仇というのは嘘です。フーリン族はパイに喰われたんじゃない。パイの野望のために自らその身を差し出した。自分達の霊力をパイに与えることで、フーリン族がこの世を支配することを望んだのです。私はそれを止められなかった。
晴明　ではランさんを騙していたのは利風ではなくあなただったと。
タオ　はい。一族の仇とかこの国のためとかそんなんじゃない。私はただ、パイが嫌いでその邪魔をしよう、そう思ってるだけかもしれない。
晴明　そんなに酷い目にあったんですか？
タオ　……もう直感としか。あの男は私を見つめてるんじゃない。私の目の中に映った自分を見てるんだ。そう気づいた時に、あの男のすべてを疑問に感じてしまって。
晴明　なるほど。
タオ　そんな個人的な感情に晴明さん達を巻き込んでしまったのかもしれない。そんな迷いが心のどこかに……。

晴明　でも間違ったことをしてるとは思ってないんでしょう。

タオ　はい。あの男がこの世を支配するなんて、誰も幸せにならない。それは確信があります。

晴明　だったらいいんじゃないですか。それに、これはもう僕自身の問題でもあるんです。妙な遠慮はいりませんよ。

タオ　あなた自身の？

晴明　はい。

晴明、周りに声をかける。

晴明　この霧の向こうに潜む方々よ、これでいかがでしょう。彼女の迷いは既に晴れております。

と、霧の中から現れる蘆屋道満と藻葛前。

道満は、藻葛前の長い尻尾をマフラー代わりにしている。

晴明　ご無沙汰しております、蘆屋道満殿。
タオ　あ、あなたは。
晴明　藻葛前さんもお変わりなく。
藻葛前　お変わりなく美しい？
晴明　美醜はその人の感覚ですから。
藻葛前　すべて褒め言葉にとっておくわ。
道満　最初からわしの仕業と思っておったか、晴明。
晴明　はい。道満殿らしいいたずらかと。
道満　いたずらのつもりはないがな。これ以上の面倒はごめんだ。

と、蛇腹御前、貧乏蟹、ひだる亀、油ましましが現れる。

蛇腹御前　晴明さん。
晴明　みなさん、無事でしたか。
貧乏蟹　へい。都があぶないって晴明さんの忠告に従ってこっちに。
道満　押しつけられたわしはいい迷惑だぞ。
晴明　すみません。

道満　しかもお前、わしにそっくりの式神を使って、勝手をやってたそうじゃないか。道摩法師とか名乗らせて、こ奴らを内裏に乗り込ませたりして。
タオ　あ、じゃあ、私を助けてくれたのは……。
晴明　（道満に）僕が表立って動けない時もあったもので。法師のお顔は迫力があって実に都合がよかったのです。
道満　何の都合だよ。まったく好きなことばかり言いおって。
藻葛前　で、何の用？
道満　よせ、聞くな。わしがなんでこの播磨の国に引っ込んだと思う。都でいろいろめんどくさそうな事が起こりそうだったからだ。それを、この男はわざわざ都から厄介事を持ち込む気だぞ。
晴明　さすがは法師、ご明察です。
道満　聞かんぞ、わしは。なんでお前の頼みなんぞ。
晴明　頼みがあることもおわかりなら、なおさら話は早い。
道満　だから聞かないって言っとるだろう。

と、いらだたしげに藻葛前の尻尾を撫でる道満。思わず力が入り引っ張る。

藻葛前　ちょっと、痛い！
道満　ああ、すまん。とにかく、これ以上お前と話す気はない。とっとと立ち去れ。

と、タオが割って入る。

タオ　お待ちください。
道満　どうした。
タオ　あなた、モフモフがお好きですね。
道満　わしが？　なんでわしが、そんな。（と、ごまかそうとする分、猛烈な勢いで尻尾を撫でる）
タオ　その毛並みを扱う手さばきの見事さ。かなりのモフモフ手練れとお見受けしました。
晴明　モフモフ手練れ？
タオ　指の開き具合、力の込め方、撫でる速度、どれをとっても尋常ではない。大陸でもそれだけの達人はそうはいない。
道満　そ、そうかな。（満更でもない）
タオ　よろしければここに、大陸渡来のモコモコでフワフワ、極上のモフモフがございます。

道満　ぬう。
タオ　試してみますか、至高のモフモフ。
道満　お、おう。
タオ　ただし。
道満　ただし？
タオ　晴明様のお話、聞いていただければ。
道満　あ、晴明、おぬし、なんて汚い手を。

と、突然晴明がキレる。

晴明　もういい、帰りましょう！
道満　え？
晴明　がっかりですよ、法師！　狐の妖かしがモフモフを見せると言ってるんですよ。それがどれだけ恥ずかしいことか分かってるんですか！　しかも若い狐の妖かしが！
道満　そうなの？

あわてて一生懸命うなずくタオ。

晴明　それがなに。彼女の気持ちもわからずにグチグチグチグチ。そんな人にこれ以上モフモフさせることはない！　さ、帰りましょう、タオさん。
タオ　でも、秦の始皇帝も愛したと噂される最上級のモフモフなんですよ。
晴明　いいんです。帰るったら帰る！　行きますよ！

と、タオの手を引いて帰ろうとする晴明。
道満、たまらず声をかける。

道満　ま、待て。わかった。話を聞く。

晴明とタオ、足を止める。

晴明　ほんとですか。
道満　ただし、すべてはそのモフモフ次第。まずはモフモフ。話はそれからだ。
タオ　わかりました、では。（と、手を組んで祈り始める）天のモコモコ地のフワフワ、ここに交わり至上のモフモフとなれ！

期待して前に出る道満。
そこに猛烈な高さのモフモフした柱（四、五メートルの高さのスティックバルーンのような重くないもの）が倒れてくる。

道満　うわ!!

と、倒れてきたモフモフした柱に下敷きになったように姿を消す道満。

藻葛前　（笑い出す）どうなることかと思って黙って見てたけど、ざまあないねえ、道満。

妖かし達も笑い出す。

タオ　これが始皇帝も愛したモフモフの極みでございます。
藻葛前　こいつは立派なモフモフだ。さすがは大陸は違うねえ。あの欲深法師も少しは懲りただろうよ。
晴明　では、そろそろどかして上げましょう。

と、全然別の場所から道満が現れる。

道満　いやあ、まいったまいった。まさかこんなにでかいモフモフが倒れてこようとはな。驚いたぞ。

と、倒れた巨大モフモフを触る道満。

藻葛前　さすがに下敷きなんてみっともない真似にはなってないか。腐っても道満だ。
道満　お前な、命の恩人に向かって言う言葉か。
藻葛前　命の恩人は晴明さんだよ。
晴明　まあまあ。
道満　で、頼みというのはなんだ。
タオ　気に入ってもらえましたか。
道満　ああ。あんたの度胸をな。これはわしのモフモフ倉庫にしまっておいてくれ。

と、妖かし達に頼む道満。

タオ　モフモフ倉庫？
藻葛前　仕方ないね。みんな、よろしく。

と、藻葛前と妖かし達、巨大モフモフを片付ける。タオ、白金、牛蔵は晴明と残る。

晴明　道満殿はこの日の本の裏を知り尽くしている。山の民とも親しいと聞いております。是非そのお力がお借りしたい。
道満　山の民？
晴明　はい。この日の本の山々を駆け山々に暮らし、山の事ならば誰よりも詳しい人々。
道満　はて。てっきりこの国の妖かし達の力を総動員してくれと言うのだと思ったが。
晴明　おや、それをどこで。
道満　都のカラスは目端が利く。その割に口は軽い。
晴明　なるほど。都を捨てても都から目は放しておられませんでしたか。確かにそういう文《ふみ》を僕は近頼様に出した。

うなずく白金。

道満　その文、利風に見せておったらしい。
タオ　じゃ、裏切ったんですか、あの左大臣。
晴明　ああ。こちらの読み通りにね。
タオ　え？
晴明　さすがは近頼様、期待通りの動きをしてくれた。
タオ　晴明さん、あの方を信用してるんじゃ……。
晴明　宮中で一番信用できない人という信用は一番ですよ。（道満に）妖かしではなく、お願いしたいのは山の民のお力です。
道満　……そうか。面白い事を考えとるな、晴明。
晴明　はい。

と、微笑む晴明

——暗　転——

【第九景】

銅山。坑道入り口前の広場。

渦雅が待っている。その姿は検非違使と違い、毛皮を羽織った山支度である。水を入れた桶と柄杓を持っている。

と、掘り出した銅鉱石を台車に載せて出てくる悪兵太、段八、藤次、信楽丸。こちらも坑夫の姿になって土で顔も身体も汚れている。

渦雅　ご苦労さん。水だ。

悪兵太　ありがとよ。（と、柄杓を受け取り水を飲む）あー、うめえ。ほら。（と、仲間にも回す）

虹川党も水をグビグビと飲む。

渦雅、運んできた銅鉱石を見る。

渦雅　今日もよく掘ってきたな。
悪兵太　掘ってみるとこれが意外に面白いんだ。
段八　この辺にあるんじゃねえかと当たりをつけて。
信楽丸　一心不乱に掘り進んで。
藤次　鉱脈を見つけた時のあの喜び。
悪兵太　たまらねえよなあ。仕事の結果がこうやって目に見えるのは面白えなあ。

と、満足げに台車の銅鉱石を見る。

渦雅　お前ら、前向きだなあ。
悪兵太　お前の仕事は俺達に銅を掘らせて、それを都に送ることだろう。いっぱい送りつけて、お前を飛ばした左大臣に目に物見せてやりたいじゃないか。
渦雅　それはありがたい。ありがたいが、いいのか。
悪兵太　え？
渦雅　この新しい銅銭は利風が仕掛けたんだろう。銅を送れば送るだけ奴の思惑が進むぞ。いいのか。
悪兵太　あ、そうか。

渦雅　気づいてなかったのか。
悪兵太　いやあ。つい目の前の目標に夢中になって。どうしよう、これ。
渦雅　掘ったものは送るしかないだろう。

そこに橘師師が、供の者を連れてやってくる。供の者二人が大きな鍋を担いでいる。もう二人は沢山の伊予柑を入れた籠を持ってくる。師師も供の者も粗末な服装になっている。

師師　みなさん、ご苦労さま。晩御飯ができてますよ。

と、都にいる時とは打って変わって腰が低くなっている。

師師　山芋のおかゆです。精がつきますよ。
渦雅　お気遣いありがとうございます、師師様。
師師　よいよい。銅山守《どうざんのかみ》などと言うても、そち達がしっかり働いておるから、特にすることはない。できるのは食事の仕度くらいだ。ささ、遠慮なく食べてくれ。
悪兵太　じゃあ、いただきます。ほら、みんなも食え食え。

「いただきます」などと言いながら、虹川党も椀におかゆを注いで食べ始める。

信楽丸　あー、しみる。
段八　うめえなあ。
藤次　うん、これはなかなか。
師師　うまいか、それはよかった。もっと食えもっと食え。(と、ニコニコしている)
悪兵太　じゃあ、遠慮なく。(お代わりする)
師師　食事のあとには伊予柑もあるぞ。
信楽丸　じゃ、あたしはそっちを。(と、伊予柑を食べる) あー、もっとしみる。
師師　うんうん。伊予柑の味がわかる者に悪人はおらぬ。しかしそち達とこんな所で再開するとは、縁は異なものじゃのう。まあ、妖かしどもに喰われずなによりだった。
信楽丸　ご心配あざっす。
段八　でもなんか師師様もすっかり人が変わられましたね。
師師　そう?
悪兵太　確かにな。左大臣の藤原近頼にはめられて、右大臣蹴落とされてこんな銅山の見張り役に落ちぶれて。島流しみたいなもんじゃねえか。なのに、なんか吹っ切れたみてえな顔してる。

渦雅　こら悪兵太、無礼だぞ。

師師　よいよい、その者の言う通りじゃ。最近、妙に気分がいいのじゃ。朝日とともにすっきり目覚めて、しっかりお腹がすいてご飯が美味しくて、夜はことんと寝付く。宮中の暮らしで染みついた澱のようなものが、どんどん身体から出ていくようじゃ。

渦雅　師師様……。

師師　元方院様の顔色を窺い、近頼殿に無闇な競争心を持ち、あくせくしていたあの時間はまったく無駄なことだったと思うよ。

悪兵太　いいんじゃねえか。人間、飯がうめえのが一番だよ。

師師　ごもっともごもっとも。

渦雅　そうかもしれんなあ。

と、そこに将監が検非違使達を引き連れて現れる。

将監　おうおう。人生の敗残者どもが、なにいい感じで和んでくれちゃってるの。

師師　将監君！　久しぶり。

と、以前のように親しげに駆け寄る。その師師を蹴り倒す将監。

将監　馴れ馴れしいんだよ！

師師　うう！

倒れる師師を抱きかかえる悪兵太。

悪兵太　てめえ、何を⁉

将監　将監君じゃねえ、又蔵将監様だろうが。俺はもう検非違使庁の佐《すけ》。実質検非違使を束ねる身分だ。官職を追われたおめえよりもずーっとずーっと高い身分なんだよ。こんなど田舎まで来たくはなかったんだがな、近頼様の命とあれば仕方ねえ。これが今日の上がりか。

と、台車に載った銅鉱石を見る。

将監　なんだよ、これっぽっちかよ。飯なんか食ってねえでもっと掘ってこい。

渦雅　いや、今日の作業は終わりです。

将監　検非違使佐《けびいしのすけ》の俺の命令が聞けないというのか。
渦雅　私はもう検非違使ではない。銅山番だ。この銅山の管理は任されている。ここの差配にあなたが口を出す権利はない。

と、その渦雅を殴り飛ばす将監。

将監　てめえに手を出す権利はあるんだよ。文句があるなら近頼様に直訴しな。もっともケチな銅山番の訴えなど、近頼様のお耳には到底入らないだろうけどな。
悪兵太　身分は上がったか知らねえが、ゲスっぷりに磨きがかかったようだな。
将監　おかげさまでな。なんだろうと磨きゃピカピカになる。光り輝く又蔵将監様だ。

と、嘲笑う将監。
その時、一天にわかにかき曇り、突然雷鳴が轟く。

将監　え？

と、白煙が流れ出す。その中から道満、藻葛前、蛇腹御前、貧乏蟹、ひだる亀、油ましましが現れる。

将監　な、なんだお前達。

将監に向かい詰問する藻葛前。

藻葛前　ここは我ら妖かしの通り道。人間如きがここで何をしている。

師師　あ、あれは百鬼夜行！

悪兵太　まあまあ、落ち着いて。

悪兵太達は妖かし達の面子を見て、事の成り行きを見守ることにする。

道満　立ち去れ。ここは人どもがいるべき場所ではない。

将監　ええい、やれやれ、皆の者、やってしまえ！

検非違使達　は！

と、検非違使達、襲いかかる。

それを杖で捌く道満。多少相手をするが。

道満　仕合っても面白くない連中だな。飽きたわ。頼んだ、油ましまし。

と、油ましましが、妖しい呪文を妖しい仕草で唱える。

油ましまし　あーぶらぶらぶら、ぶらりんこ、それぶーらぶら。

と、検非違使達の足下に油が広がり、つるりつるりと滑って転ぶ。

検非違使1　将監様、足下に油が！
検非違使2　滑って立てませぬ！
油ましまし　この油ましまし様がたらーりたらりと流した油汗地獄だ。それ、つるーつるのぶーらぶら。
蛇腹御前　とどめは蛇腹御前の蛇腹ふいごだよ。京の都まで吹き飛んじまいな。

と、蛇腹ふいごで強風を起こす。

蛇腹御前　それ、じゃーばらばらばら！
検非違使達　うわー！

と、検非違使達を蛇腹で吹き飛ばす。去っていく検非違使達。一人残される将監。

将監　お前たちーっ!!
道満　よいか。ここで妖かしに出会《お》うたこと、人に話せば必ず災いが及ぶぞ、又蔵将監。
将監　お、俺の名前まで。
道満　わかったな。
将監　言いません、誰にも。口が裂けても。
道満　ならば去れ。
将監　はいー。

と、後ろも見ずに駆け去る将監。

道満　ま、こんなものかな。

と、師師の後ろに控えている供の者に声をかける。供の者四人は烏帽子を目深にかぶり顔が見えない。そのうちの一人が烏帽子を取る。それは晴明だった。

晴明　見事ですよ、道満殿。さすが、押し出しの強い顔をお持ちなだけのことはある。

道満　どういう意味だよ。

藻葛前　まあまあ、褒め言葉だよ。

と、他の供の者も烏帽子を取る。タオと白金、牛蔵である。

悪兵太　タオじゃねえか。

タオ　（虹川党に）はい。みなさんも無事でよかった。

師師　お前達は晴明に化け狐……。いつの間に。

晴明　霧に紛れてすり替わりました。師師様の供のお方ならご心配ありません。先に屋敷に戻っておられます。

師師　しかし、お前は利風の手の者に殺されたと聞いておったが……。

晴明　狐の子と噂されるこの晴明、そう簡単には死にません。（悪兵太に）よく生きていてくれた、悪兵太。

悪兵太　当然だ。きっちり約束したからな。

段八　おいおい、検非違使に捕まった時、簡単に命捨てようとしたのはどこの誰だ。

藤次　儂らが押し留めなければどうなっていたか。

信楽丸　あんたらもこんなとこまで。（と、妖かし達に言う）

蛇腹御前　都は最近、邪気がひどいからね。

油ましまし　一足先に逃げ出した。

と、鼻をクンクンさせているひだる亀。

ひだる亀　妙だな。

貧乏蟹　どうした。

ひだる亀　この男のいやな匂いが消えてる。（と、師師をさす）

貧乏蟹　（師師の匂いを嗅ぎ）お、ほんとだ。

師師　お前達、あの時の妖かしどもか。待て待て、そこな悪兵太達と知り合いか。……あ。そちら、たばかったたか。

晴明　申し訳ありません。確かに我ら師師様を化かしました。あの辺りは妖かしの住処。

師師　この者らがあまりにもあなた様から悪しき匂いがするゆえたまらぬと。
晴明　悪しき匂い？　私から？
師師　はい。そのためあの道を通らぬよう、小細工いたしました。
渦雅　なんと……。
悪兵太　では、お前、俺もだましていたのか。
渦雅　おいおい、今まで気づいてなかったのか。
晴明、お前どこまで底意地の悪い。こ奴ら、いかがいたしましょう。（と、師師に言う）
師師　よいよい。いやな匂いなあ。確かにそうだったかもしれぬ。だが、今はもうせぬのだろう。
蛇腹御前　なんか、伊予柑みたいな匂いがする。
師師　おお、それはいい。嬉しいのう。
晴明　師師様から邪気が抜けてなによりです。あのままでは、早晩、お命をなくしたやもしれません。
師師　……そうか。そうかもしれぬなあ。
悪兵太　さて、これからどうする。お前のことだ、何か思惑があるんだろう。
晴明　よければ、銅を掘ってくれないか。

悪兵太　はい？
段八　ここで？
晴明　いや、今は追い払ったが、やがて朝廷の手の者も戻ってくるでしょう。道満殿が、もっと質のよい銅山を教えてくれました。そちらに移りましょう。
道満　この山など、山の民達に言わせれば中の下だ。
渦雅　お前、何を。
晴明　利風がいる限り、都もこの国も決して穏やかにはならない。彼を止めることが、都を護ることになる。貴族も武士もはぐれ者も、人も妖かしも、みなが住まう都をね。
渦雅　……。
晴明　今のあなたならわかるでしょう、渦雅さん。

渦雅、黙って刀を握る。
それを見て微笑む晴明。

――暗　転――

【第十景】

半年後。京の都。

銭を奪い合うように商いをしている京の人々。その前を大量の銭函が台車に載って運ばれていく。周りを警護している帯刀と検非違使。今では検非違使の長も兼任している帯刀。

×　×　×　×

内裏。金蔵。銭函が積み上がっている。

近頼が嬉しげにそれを見ている。利風も横にいる。

近頼　利風よ。そなたの進言通り新硬貨は諸国に散らばりその価値を高めた。わずか半年でこの緡銭《びんせん》一本で米一俵の値打ちにもなったわ。（と、銭の束を見せる）

利風　金の力こそが国の力。この金蔵《かねぐら》に積まれた銭函がそのまま近頼様のお力となります。残りの税は？

近頼　まもなく届く。

利風　わかりました。それも合わせてから、浄めの儀式を行いましょう。
近頼　集めた税を神に捧げて国家安泰を祈る儀式だったな。ただし、その国家というのは。
利風　近頼様の御代《みよ》が長く続くための祈りでございます。
近頼　ああ、それでいい。
利風　ところで、晴明からの知らせは？
近頼　日の本中を駆け回っておる。伊予の八百八狸《はっぴゃくやだぬき》、出雲の大蛇《おろち》、美作《みまさか》の猿神《さるがみ》など、各地の有力な妖かしを味方につけたとか。おぬしの配下に殺されたことになっているので、くれぐれも自分が生きていることは内密に、とのことだ。あ奴の力は侮れん。よろしく頼むぞ、利風。
利風　おまかせを。

近頼、上機嫌で去る。
入れ替わりにランが現れる。

ラン　狸に蛇に猿だと。そんなけだもの大集合で俺達に勝てると思うか。
利風　本当だとしたら、なめられたものだな。
ラン　嘘なのか。

利風　あのうさんくさい近頼相手に、晴明がどこまで本当のことを言うと思う。
ラン　あ、そうか。
利風　将監は。
ラン　やっと見つけ出したよ。他の検非違使達と一緒に比叡山の奥の山小屋に隠れ暮らしていた。

と、奥から縛り上げた将監を連れてくる。
木こりの服装になっている。

将監　あー、ごめんなさいごめんなさい。
利風　銅山に行ったきり、半年も雲隠れしていたそうですね。あの山で何がありました。
将監　なんにもありません。
利風　あのあと調べに行った役人から、銅山で働いていた坑夫も銅山番も銅山守《どうざんのかみ》の橘師師様も姿を消していたと知らせがありました。何を隠してます？
将監　隠してません。俺達急に木こりになりたくなっただけです。
ラン　そんなわけねえだろう！（と、殴る）
将監　あー、ごめんなさいごめんなさい。

利風　ラン、もういい。
ラン　喰らうのか。
利風　ああ。こういう生き汚い奴の霊気は、意外に力になるんだよ。自分の欲や邪念を思い切り貯め込んでるからな。ついでに記憶も喰らう。
将監　え？　嘘でしょ。利風様、何を。

と、利風、ランの剣をとり将監を斬る。

将監　ぐあ！

と息絶える将監。亡骸の前に手を広げてかざす利風。将監の霊気を吸収しているのだ。

利風　ふう。（と、苦いものを食べたような表情）
ラン　そんなにまずいか。
利風　ああ。ひどいな、これは。だが記憶は読めた。銅山を襲ったのは道摩法師率いる妖かしだ。

ラン　と、いうことは……。
利風　ああ。晴明の仕業だ。
ラン　あの野郎。
利風　まあ心配するな。都の四方には結界を張っている。晴明が何を企もうが、この都に足を踏み入れることは絶対にかなわない。その間に俺とお前は狐霊神となる。
ラン　いよいよか！
利風　ああ。新しく到着した硬貨も含めれば、充分必要な霊気は満ちる。狐霊神となる儀式を始められる。楽しみなことだ。

と、利風、ほくそ笑む。

×　×　×　×

紫宸殿。前庭に祭壇が作られている。
その周りに元方院とお付きの女官がいる。

帯刀　お前達。

帯刀の指図で、この景の冒頭で都に運び入れた銭函を祭壇の前に積み上げる従者達。

そこに近頼と供の者が来る。さも当然という顔をして近頼の方が上座につく。

元方院　これはこれは。まるで帝のようなふるまいですな。左大臣。

近頼　蔵人所陰陽師である賀茂利風が、このようにふるまえと。帝の世が平らかになるためには利風の占いに従った方がいい。

元方院　まるで己が利風のような口ぶりじゃの。

近頼　一心同体といったところかもしれませんな。だが、それがこの国のため、帝のため。それは元方院様もおわかりのはず。

元方院　……。（忌々しげだが黙る）

従者達、銭函を祭壇の前に配置し終える。

帯刀　儀式の準備整いました。

元方院　では――。

と、言いかける元方院にかぶせて近頼が言う。

近頼　では、只今より国家安泰の儀式を行う。

また忌々しげに近頼を見る元方院。再びさも当然という顔をする近頼。

近頼　賀茂利風、こちらに。

そこに利風が現れる。ランも神妙な顔で後ろに続く。
利風、一礼すると銭函を開ける。中の銅銭が輝く。霊気に満ちているのだ。

ラン　こりゃあ、すげえ霊気だ。

利風　いよいよだ。

利風も満足げにうなずくと、銭函から緡銭を数束摑み額の所まで上げて、呪文を唱える。

利風　オン・ダキニ・カンド・カンドマ・ソワカ。

と、紫宸殿を暗雲が包む。訝しむ元方院や近頼達。

元方院　なに？

利風　オン・ダキニ・カンド・カンドマ・ソワカ。オン・ダキニ・カンド・カンドマ・ソワカ。

と、突然、利風の身体に衝撃が走る。苦しみ出す利風。白煙が流れ始める。

利風　ぐうっ‼　な、なんだ、これは。

予想外の苦しみに戸惑う利風。

ラン　どうした⁉

利風　力が、力が吸いとられる……。

と、白煙の中から晴明、タオ、悪兵太、渦雅、道満が現れる。道満は背に棒状の布包みを結わえ付けている。

近頼　お、おのれは晴明！
ラン　ねえ（ちゃんと言いかけて言い直す）タオ！
利風　（晴明に）……貴様、仕掛けたな……。
晴明　ああ。仕掛けさせてもらったよ。急急如律令！
利風　ぐ！　ぐおおお！

と、苦しむ利風、銭函に引き寄せられ、祭壇の裏に消える。

ラン　なにしやがんだ、てめえ！

と、得物を構えるラン。
刀を抜く悪兵太と渦雅、晴明は護身月光剣と破敵陽輪剣を、タオは得物を構える。
道満は少し離れて高みの見物を決め込む。

近頼　狼藉者だ。やってしまえ！
帯刀　は。

と、晴明一党に襲いかかる帯刀と武士達。
晴明とタオがランを、悪兵太と渦雅が武士達の相手をする。道満を襲う武士もいるがそれをいなす道満。

道満　おいおい。おぬしらなど相手にする気はない。
タオ　ラン、ごめん。私、嘘をついた。
ラン　え？
タオ　フーリン族のみんなは確かに自分でパイに喰われた。あいつが一族の仇って嘘だったの。
ラン　やっぱりか。
タオ　でも、それでも、あの男を信じないで。あいつは自分のことしか考えてない。つきあってた私だからわかるの。
ラン　勝手なことばかり言うな。

混乱していったん離れるラン。

帯刀　宮中で剣をふるうとは。そこまで落ちたか、尖渦雅。
渦雅　我らがふるうは邪気を払う剣。たとえ検非違使の役を解かれようと、都を護るという思いに変わりはない。この剣に迷いあるかお試しください、帯刀殿！

と、必死の渦雅、帯刀の剣を押し返す。

帯刀　なに？
悪兵太　わかったか。渦雅は渦雅なりに必死ってことだ。
渦雅　お前が偉そうに言うな。
晴明　我らに邪《よこしま》なる思いはありません。ご覧ください。今、賀茂利風の正体をお目にかけます。（と、剣をおさめて、印を組んで九字の呪文を唱える）朱雀玄武白虎《すざくげんぶびゃっこ》、勾陣南斗北斗《こうじんなんとほくと》、三台玉女青龍《さんだいぎょくじょせいりゅう》。朱雀玄武白虎、勾陣南斗北斗、三台玉女青龍。

と、苦しみながら姿を見せる利風。人間ではなく半妖《はんよう》の姿になっている。力が弱り苦しんでいる。

元方院　利風、なんじゃその姿は!?

利風　く……。これは。

晴明　その者こそ、利風に化けた九尾の狐でございます。

タオ　その男は、私と同じ大陸の化け狐。賀茂利風様を大陸で殺してその姿を借りてこの国に渡ってきたのです。

元方院　なんじゃと。

利風　（ハッとして銭函を見る）これか。この銭のせいか。（と緡銭を摑み）何をした、晴明。

晴明　それは僕が造った贋金《にせがね》だ。君の力を吸いとる呪いをかけた銅銭だ。

ラン　贋金だと⁉

動揺し、戦うのを忘れて事の成り行きを見るラン。

利風　貴様、俺の狙いを読んでいたのか。

晴明　お前が新硬貨の鋳造を進言したと聞いて、からくりが読めたよ。人の邪念を銭に集めて、この都で増幅させて力を取り戻す。だから僕は都を出て贋金を造った。君が造った新硬貨と入れ替えるためにね。

利風　しかし、都には結界が張ってある。貴様ら、どうやってここまで来られた。

タオ　その贋金を都に入れるのを望んだのはあなた。その時結界に綻びができたの。

利風　なんだと。

近頼　では、貴様は私もだましていたのか。

晴明　だましてはいませんよ。確かにこの国中の妖かしの力は借りました。全国に散らばった新硬貨と贋金のすり替えのためにね。

道満　そういう悪戯《いたずら》が好きな妖かしは、いくらでもいるわ。

悪兵太　贋金用の銅は俺達が掘った。都を追われて鉱山掘りをやらされたおかげで手に入れた技術でな。どうもありがとよ。

近頼　貴様、何から何まで計算ずくか。

元方院　これはどういうことじゃ、近頼。

近頼　はい？

元方院　そなた、先ほど利風と一心同体と言うたの。あれが妖かしじゃと知っておったのか。

近頼　いや、これは。

晴明　今、九尾の狐は祓い清め封印します。朱雀玄武白虎、勾陣南斗北斗、三台玉女青龍。朱雀玄武白虎、勾陣南斗北斗、三台玉女青龍。

と、九字の呪文を繰り返す晴明。
利風、金縛りにあい、苦しむ。

利風　ぐ、ぐううう。
ラン　パイ。（と、助けようと近寄る）
晴明　近寄るな。寄ると、君も一緒に封印されるぞ。
ラン　え。（と、立ち止まる）
元方院　近頼。この不始末、ただではすまさぬぞ。
近頼　いや、そう、これはすべて晴明の策略です。奴の妖術で利風は妖かしの姿に変えられてしまった。そうであるな、利風。
渦雅　今更、言い逃れはおやめください、近頼様。晴明は誰よりもこの都を案じ、人々の暮らしが平安になることを願っております。
晴明　人も妖かしもともに穏やかに暮らす、そんな都にする。それがこの晴明の仕事です。

この状況に焦る近頼、利風の方に寄る。

晴明　寄ってはだめだ、近頼様！
近頼　（それを聞かず）なあ、利風、そうであろう。その醜い姿は晴明の仕業。奴こそ謀反人だ。

と、その近頼の首を摑む利風。

利風　誰が醜いだと。
晴明　やめろ、利風！
利風　もう遅い。

と、近頼の首をへし折る利風。

近頼　ぐう！
渦雅　近頼様！

一同も驚く。
手をかざして近頼の霊気を喰らう利風。これもまずそうな表情。終わると近頼の亡骸を放り投げる。

ラン　まずいか。

利風　ああ、性根の底まで腐ってやがる。だが、その分、精はついた。

と、気力が戻る利風。晴明の金縛りを破り、動けるようになる。

悪兵太　あいつ、元気になったぞ。
タオ　人の霊気を喰らったの。それが私達の力の源。
元方院　ではまことにあ奴は妖かしか。
利風　まあ、そういうことだ。今更取り繕っても仕方がない。この国の邪念を一気に喰らって、俺の思うがままの世を創ってやるから、おとなしく見てろ、ばばあ。
元方院　利風、お前はなんということを。

ラン、武士から刀を奪い利風に渡す。

利風　晴明、次はお前だ！　やるぞ、ラン！
ラン　おう!!

と、ランと利風が晴明に打ちかかろうと向かう。

悪兵太　渦雅！
渦雅　おう！

と、悪兵太と渦雅、晴明をかばって剣を構える。

帯刀　お前達、あの妖かしを倒せ！　晴明殿をお護りしろ！
渦雅　すまん、帯刀殿。
帯刀　おぬしの想い、その剣から伝わった。

と、武士とランの大立ち回り。武士達にとどめを刺そうとする。それを止めるタオ。

タオ　ラン、だめ！　殺しちゃだめ！

その言葉に躊躇するラン。
と、晴明に向かうように見せかけた利風、タオを斬る。彼女を狙っていると誰も思っていなかったので不意をつかれたのだ。

タオ　きゃあ‼
晴明　タオ！
ラン　ねえちゃん！　なんで⁉
利風　お前もな！

と、ランも斬る。タオとランを抱え込む利風。

ラン　……な、なんで。
利風　お前達二人の霊力が一番強いからな。今は、とりあえず、力がいる。
ラン　話が違うじゃねえか、パイ。俺はともかく、なんでねえちゃんまで。
タオ　……見た、ラン。これが、この男よ。しょせん、自分だけが、大事な男。
利風　知った口を叩くな。

と、タオの傷口を手で抉《えぐ》る利風。悲鳴を上げるタオ。

利風　さあ、どうする晴明。今、俺を封印すれば、こいつら二人も一緒だぞ。

晴明　く……。
タオ　かまわない、晴明さん、やって！

晴明、意を決すると九字の呪文を再び唱え始める。

晴明　朱雀玄武白虎、勾陣南斗北斗、三台玉女青龍。朱雀玄武白虎、勾陣南斗北斗、三台玉女青龍。
利風　なるほど。結局お前は人を救うために妖かしを斬り捨てた。それがお前が望む誰もが安らかに暮らす都か。笑わせるな！　狐の子などと言ってはいるが、しょせん貴様も人間。人の世のことしか考えていない。タオ、ラン、よく見ておけ。あれがお前達を殺した男の顔だ。
タオ　……違う。……殺したのはあなただ。
利風　それを見殺しにすれば同じ事だ。晴明。お前には何も救えはしない。何一つな！

笑う利風。

晴明　朱雀玄武白虎、勾陣南斗北斗、三台玉女青龍。急急如律令！

その呪文とともに五芒星の印を斬る晴明。
と、利風、タオ、ラン、悲鳴を上げる。白煙が上がりその中に三人は消える。封印される三人。息が荒い晴明。

晴明　タオ、すまない。すまなかった！
と、感情を露わにして深く悲しむ晴明。

渦雅　……晴明。
悪兵太　お疲れさん。よくやったよ、晴明。
晴明を労る悪兵太。

晴明　……まだだ。これで終わりになどしない。
と、決然と立ち去る晴明。

晴明　タオを取り戻す。協力していただけますか、道満殿。
道満　……まあ、あのモフモフがいなくなるのは淋しいからな。何をやる。
晴明　泰山府君祭《たいざんふくんさい》を。
道満　ほう。

と、様子を見ていた元方院が声をかける。

元方院　お待ちなさい、晴明。今、なんと言いました？　泰山府君祭、そう聞こえましたが。
晴明　はい。
元方院　それはなりません。
晴明　元方院様。
元方院　その祭事は、宮中の秘中の秘。死者の国を司る泰山府君に祈りをあげて、死者の霊を現世に呼び戻すという、帝と貴族のみに行われる尊い儀式じゃ。それをたかが妖かしごときに。
晴明　たかが妖かし？　国難を伝える利風の遺言を持ってこの国に渡り、命を賭けて同族と戦ってくれた誇り高き妖かしです。その命、むざむざと果てさせるわけには参りません！

元方院　ならぬと言うたらならぬ！　帯刀、その者を捕らえよ。
悪兵太　おいおい。どういうことだ。
元方院　国家の祭事である泰山府君祭、宮廷陰陽師を追われたそなたに行う資格はない。
晴明　資格？　必要なのは能力のみかと。
元方院　それは無法の所業。法を破る者は捕らえるのが政じゃ。帯刀、やりなさい。

帯刀、迷うが、部下に命じる。

帯刀　晴明を捕らえよ。
渦雅　帯刀様！

と、そこに白金と牛蔵に連れられて、師師が現れる。

師師　お待ちください、元方院様。
元方院　そなたは師師。

一同も驚く。

元方院　どうしておった。近頼からは、重い病のため湯治に出たと聞いたが。

師師　それは近頼の嘘。銅山守として働いておりました。

元方院　そなたが。なぜ。

師師　すべて近頼の謀《はかりごと》。ですが、そんなことはどうでもいい。元方院様。私は晴明のおかげで命を救われました。この者は、誰よりも、都を平らかで安らかにしたい。そう考えております。何卒、晴明の願いお聞きくださいませ。

元方院　……変わったわねえ、師師。あの脂ぎってニチャニチャしてたそなたが、なんか妙にスッキリ爽やか、柑橘系の香りがする。

師師　いやな匂いが消えました。それもみな、ここにおる者達のおかげ。（と渦雅と悪兵太をさす）いや、その縁を作ってくれた晴明のおかげと思うております。何卒何卒、晴明の願い、お聞きください。

と、土下座する師師。考え込む元方院。

元方院　……晴明。陰陽寮に戻ることを許す。これからも帝のためによく働け。

晴明　それは。

元方院　そなたのことはよくわからぬ。ただ、この師師を、あの私利私欲の塊でいいところを上げろと言われても何一つ浮かばなかったあの師師を、これだけスッキリ爽やかにしたのがそなたなら、きっとこの都の汚れもスッキリ爽やかにしてくれよう。

晴明　では、泰山府君祭は。

元方院　陰陽師が陰陽師の仕事をするだけじゃ。好きにせい。行きますよ、帯刀、師師。

師師　え。

元方院　はよ、来い。近頼と利風を失い、朝廷は大変なのじゃ

師師　ははあ。

と、紫宸殿の奥に立ち去る元方院。帯刀ら武士も後に続く。晴明に「よかったね」とうなずく師師、元方院の後を追って立ち去る。深くお辞儀をする晴明。

ホッとしている一同。

道満　情けは人のためならず、か。それともこれも計算のうちか、晴明。

晴明　とんでもない。師師様のお心ですよ。

道満　どうだか。

その間に白金と牛蔵が祭壇を整え直している。

牛蔵　ほら、片付けといたぞ。
白金　じゃ、頑張って。

と、二人の式神も消える。

悪兵太　タオを甦らせるのか。
晴明　タオだけじゃない、ランフーリンも。弟を犠牲にしては、彼女が悲しむ。
渦雅　確かにそうだ。
晴明　道満殿、よろしいか。
道満　おう。

道満、背の布包みを晴明に渡す。晴明、それを傍らに置く。
二人とも両手を合わせて祈る。

晴明・道満　木火土金水《きひづかみ》の神霊《かむみたま》、厳《いづ》の御霊《みたま》を幸《さきわ》え給《たま》え。急急如律令奉導誓願不成就乎《きゅうきゅうにょりつりょうほうどうせいがんふじょうじゅや》。

晴明　謹請《きんぜい》、泰山府君に願い申す。フーリン族タオ及びランの御霊《みたま》、そのお力により現世《うつしょ》にお戻し給え。

二人の祈禱に合わせて白煙が立ち始める。

晴明・道満　急急如律令奉導誓願不成就乎。急急如律令奉導誓願不成就乎。急急如律令！

と、衝撃音。冥府の扉が開いた音だ。白煙の中からタオとランが現れる。

悪兵太　タオ。

渦雅　やった。

晴明　よく戻られた、タオ、ラン。

が、タオとラン、様子がおかしい。無表情で、得物を抜くと晴明に襲いかかる。

晴明　え⁉

二人の得物を錫杖《しゃくじょう》で受ける道満。

道満　晴明、こ奴ら邪霊だ。

晴明　そのようですね。

渦雅と悪兵太も剣を抜き、ランとタオの攻撃を受ける。

悪兵太　どうした、タオ。しっかりしろ。

晴明　気をつけろ。今の彼女に昔の意識はない。

渦雅　どういうことだ⁉

その時、白煙の中から九十九尾の狐霊神となったパイフーシェンが現れる。その顔は利風のまま。

渦雅　あれは九尾の狐か⁉

悪兵太　あいつまで甦ったのか⁉

晴明　……いや、九尾ではない。もっと力が増している。

パイ　その通りだ。俺は冥府に眠る数多の霊魂を喰らって進化を遂げた。今や九十九尾の狐霊神だ。

悪兵太　……そんな。

パイ　ありがとう、晴明。お前のおかげで望みは果たせた。しかもわざわざ冥府から現世に呼び戻してくれた。俺の狙い通りにな。

晴明　狙い？

タオとランに手招きするパイ。二人はパイのそばに戻るとよく調教された獣のような仕草で、パイの周りをうろうろとする。

パイ　贋金の力によって、お前の封印から逃れられない。行き先は冥府だ。そうわかった時、俺は冥府の霊魂を喰らって進化することを思いついた。問題はどうやって現世に戻るかだ。だから、わざとタオとランを殺してお前を挑発した。

タオとランをペットのように撫でながら説明するパイ。

パイ　そうすればお前は必ず、こ奴らを甦らせようとする。陰陽師には泰山府君祭がある。俺が喰らった陰陽師の知識がそれを教えてくれた。だから俺の魂をこ奴らの魂に紐付けた。二人が甦れば、この俺も甦るようにな。
渦雅　まんまとその策にはまったのか。
パイ　そういうことだ。やれ。

と、タオとランを差し向けるパイ。
タオの剣を渦雅が、ランの剣を悪兵太が受ける。

晴明　目覚めなさい、タオフーリン。
道満　目覚めよ、ランフーリン。

そこに晴明がタオの額に、道満がランの額に、それぞれ五芒星を描く。

晴明・道満　急急如律令！

が、タオとラン、二人を振り払い、再び晴明を襲う。

パイ　無駄なことだ。俺は狐霊神。その力は神にも並ぶ。お前達の力では敗れはしない。
渦雅　くそう。
道満　臨《りん》兵《ぴょう》闘《とう》者《しゃ》皆《かい》前《じん》列《れつ》在《ざい》前《ぜん》。はあっ!!

と、早九字の真言を唱え、気をパイに放つ。
が、それを片手で弾くパイ。

道満　ぬう。
パイ　だから無駄なことだと言っている。

無言の晴明を嘲笑うパイ。

道満　あんなことを言うとるぞ、晴明。
晴明　そうですね。やはりこうなりましたか。
パイ　どうした、安倍晴明。情に溺れて詰めを誤る。己の甘さを悔やむがいい。
晴明　悔やむ必要はない。

と、晴明、道満が持ってきた布包みから一本の剣を取り出す。

パイ　剣だと。斬るか、そのフーリンの姉弟《きょうだい》を。哀れなものだなあ。一度は見捨て、それを甦らせ、思いのままにならないと見れば今度は斬る。しょせん貴様にとって、妖かしとはその程度の存在だ。

晴明　それはどうだろう。

パイ　タオ、ラン、あの薄情男ののど笛を掻き切ってやれ。

タオ・ラン　うおおおお！

と、晴明に襲いかかる。渦雅と悪兵太は晴明を護るために動こうとするが、道満がそれを止める。

晴明　悪心調伏《あくしんちょうぶく》！

晴明の剣がタオとランの剣を弾き飛ばす。

晴明　真気招来《しんきしょうらい》！

そのあと、二人に刃をふるう。二人の動きが止まる。

晴明　急急如律令！

タオとランに強い衝撃が走る。膝をつく二人。

タオ　……晴明、さん？
ラン　……俺は、……俺は。（ハッとするとパイに）やい、よくも俺を斬りやがったな!!
パイ　なに!?
悪兵太　大丈夫か、タオ。
タオ　はい。私、死んだんじゃ……。
道満　元に戻ったようだな。そのモフモフも無事で何よりだ。
タオ　え？
渦雅　晴明が戻してくれたんだ。あの世からもパイの呪縛からも。
タオ　……そうなんですか……。

ラン　晴明が……。

パイ　なぜだ。なぜお前に俺の術が断ち切れる。

晴明　この剣は、君が造った新硬貨で出来ている。君が集めた人の邪念をそのままに一つの剣に打ち直した。

道満　わしと山の民と妖かしが、その力を一つにしてな。

晴明　君は冥府の霊魂を集めて、狐霊神となった。だが、しょせんは死んだ者の魂だ。生きた者の邪念の方が遙かに強い。

と、邪念剣を掲げる晴明。

パイ　……まさかお前、俺の進化も読んでいたというのか。

晴明　できれば、贋金の封印で終わらせたかった。でも、そこで起こりうる最悪の事態も考えておかなければならない。

パイ　なぜ、そこまで俺の考えが読める。

晴明　お前じゃない。僕が読んでいたのは賀茂利風の考えだ。

パイ　なに？

晴明　狐霊神になったにも関わらず君は利風の顔をしている。なぜだと思う？　それは利

パイ　風が君にかけた呪いだよ。
晴明　この顔が。
パイ　ああ、そうだ。君には呪い。僕にとっては印《しるし》。君は利風の記憶を利用してると思ってたかもしれない。でも違う。君の思考は利風に操られていたんだ。この日本に渡ってきたのも、僕と対決するように君の中の利風が仕向けたんだ。僕ならきっと九尾の狐を調伏できる。そう信じて。君の術に及ばない。それがわかった時、利風は僕にすべてを託して君に喰われたんだ。
晴明　そんなばかな。
パイ　利風がパイの立場になったらどう手を打つか。僕はそれを考えた。これは僕と利風の知恵比べだったんだよ。
晴明　……俺の中の奴が。
パイ　ああ。新硬貨に邪念を集める策のおかげで、今の君を完全に調伏できる力を手に入れた。全部、君の中の利風のお膳立てだ。
晴明　やかましい!!　だったらいまここで、その剣の力、手に入れてやるわ！

と、何匹もの白狐の霊が剣を持って登場する。狐霊神の分身だ。晴明に襲いかかる。
白狐霊と戦う晴明。

晴明　僕は負けられない。その顔をした男の死に報いるためにも！

白狐霊を全員斬る晴明。

晴明　悪心調伏、急急如律令！

と、白狐霊はすべて消え去る。

パイ　そんなくだらぬ想いに、この俺が滅ぶというのか。認めんぞ、そんなもの。だったら貴様も喰らってやる。それで終わりだ、安倍晴明!!

と、剣で襲いかかるパイ。
それに応じる晴明。

晴明　その我執もそこまでだ。パイフーシェン!!

二人の剣が交わる。パイの気迫が迸《ほとばし》る。

が、それを受けて返す晴明の邪念剣。晴明の剣がパイの腹に突き刺さる。

パイ　……おのれ、……おのれ、人間如きが……。

苦しむパイ。声をかける晴明。

晴明　これでいいか、利風。

と、パイの表情が一瞬和らぐ。本物の利風の意識が表に出たのだ。

利風　ありがとう、私の願った通りだ。さすがだよ、晴明……。

晴明　（うなずき）ゆっくり眠れ、利風。

と、再びパイの意識が表に出る。晴明を摑むパイ。

パイ　それが貴様らの情か。……わかった、ならば貴様のその情をすべていただく。

晴明から離れるパイ。

パイ　……ただでは死なん。……喜怒哀楽、すべての感情を無くした地獄で生きろ、晴明！

と、笑いながら己の剣で腹を刺すパイ。

晴明　急急如律令！

と印を組む晴明。
白煙が巻き起こり、パイはその姿を消す。
邪念剣により完全調伏されたのだ。
その瞬間、晴明も何かを喰われたような衝撃を受ける。

晴明　ぐ!!

白煙も収まり、一同は安堵する。

悪兵太　やったな、晴明！
渦雅　さすがだ！
タオ　ありがとう、私達のために！　ほら、ラン。あんたもお礼を……。
ラン　でも俺……。俺、いろいろと酷いことを……。なんてあやまりゃいい⁉
道満　確かにな。だったらわしと一緒に来い。他にも妖かし達が沢山おる。その中で、これまでのことを思い、これからどうすればいいかをじっくり考えろ。
タオ　……新しいモフモフを手に入れようと思ってません？
道満　わしが。まさか。
タオ　……でもそれもいいかも。この国の妖かし達と交わって頭を冷やしなさい。どうかな、晴明さん。

一同安堵の表情で話しているが、それを無機質な顔で見ている晴明。それに気づくタオ。

タオ　……晴明さん？

晴明　……そうか。本当に感情を喰われたようです。何も感じない。
タオ　……そんな。
晴明　これがパイフーシェンの呪いというわけか……。
悪兵太　……晴明。
渦雅　……お前。
ラン　あの食いしんぼ野郎、最後まで！

だが、一同を見回す晴明。

晴明　いや、大丈夫。あの男は最後までわかっていなかった。
タオ　え？
晴明　僕にはあなた方がいる。

と、タオ、ラン、悪兵太、渦雅、道満を見る。

晴明　喜怒哀楽。僕の分まであなた方が泣いて笑って悲しんで喜んでください。僕はそれを見る。精一杯生きるあなた方を見ることで、僕も人である自分を保ち続ける。それが僕の護ったものですから。
悪兵太　なるほど。だったらまかせろ。
タオ　精一杯生きますよ。あなたが救ってくれた命ですもの。
渦雅　ああ、俺達だけじゃない。お前が護ろうとした都が、きっとお前を護ってくれる。
道満　……やはりお前は面白いな。
晴明　面白い？　僕が？
道満　わからぬか。ならば今はそれでよかろう。

と、突然空を仰ぐ晴明。

晴明　あ。
タオ　どうしました？
晴明　今、星が流れた。あれは……。

と、空を仰ぐ晴明。と、自分の目頭を触る。

晴明　そうか、泣いたのか、僕が……。

その意味を考える晴明。
得心したように、再び天を仰ぐ。
空は無数の星々で満ちている。

〈狐晴明九尾狩〉　―終―

あとがき

この『狐晴明九尾狩』は、二〇二一年秋、劇団☆新感線いのうえ歌舞伎の新作だ。

今は八月。新型コロナウイルスが流行して一年半以上が経つ。ワクチン接種が始まり今年は少しはましな状況になるかと思っていたら、変異株の流行でこれまでにないほど感染が拡大している。

新感線もコロナ禍により、昨年春の『偽義経冥界歌』では東京公演の一部と博多公演が中止になり、今年の春の『月影花之丞大逆転』も大阪公演の三分の一程度が中止になってしまった。

それでも、この秋にはもう少し状況も好転していると願い、フルスペックのいのうえ歌舞伎を準備している。

なにとぞ無事に公演ができますように。そう祈るしかない。

公演パンフレットにも書いたが、今回の芝居が出来た経緯をざっと書き記す。

安倍晴明の物語をやりたいなと思ったのは、二〇〇五年より少し前だったはずだ。晴明没後千年が二〇〇五年だと知り、そのタイミングでやればいいなと思ったのを記憶している。

その時におおまかなストーリーラインは思いついていたのだが、残念ながらその頃の新感線のラインナップにはうまくはまらず、日々の〆切に追われる中で、いつの間にか忘れていた。

それが甦ったのは一昨年のことだ。不意に「そういえば、俺、晴明の話をやりたいと思っていたなあ」と思い出したのだ。

ちょうどその頃、二〇二一年秋のいのうえ歌舞伎の新作を中村倫也君主演でやろうという話になった。

そこで閃いた。「だったら倫也君で晴明をやろう」

幸いいのうえもプロデューサー陣も、この意見に賛成してくれた。

ただ、以前考えていた晴明の物語はかなり重い展開だ。

吉岡里帆さん、向井理君、浅利陽介君、竜星涼君、早乙女友貴君、千葉哲也さんと、客演陣も決まってくるにつれて、このアイデアはうまくはまらないことに気がついた。

それに今のご時世、あんまり重い話は書きたくないしお客さんに見せたくもない。

新しい物語を考えることにした。

晴明と言えば狐と縁が深い。だったらいっそ九尾の狐と対決するというシンプルな構造にしたらどうだろう。安倍晴明対九尾の狐。

風髑髏でご一緒した時から、次に書く時には向井君には知性派の悪役をやってもらいたいと思っていた。今回も晴明と対立する陰陽師役にしようかなというプランはうっすらとあったのだが、だったら九尾の狐が化けている陰陽師というのはどうだろう。

中村倫也という俳優を知ったのは、『真心一座』という芝居だった。二〇〇九年の上演だからもう一二年前になる。千葉雅子さんを手玉にとる、一見穏やかだが底に怖さを秘めた役柄が印象的だった。若いのにうまい役者がいるなあと感心した。今回もあの食えない感じはどこかに出したい。晴明が狐の子だという伝承は有名だ。それをちょっとひねって、自ら狐の子を騙るという設定にしよう。狐を騙る陰陽師と陰陽師に化けた妖狐の騙し合い。ああ、これはいける。

そうなると、吉岡さんの役柄だ。

狐と言えば吉岡さん、それはもうあのCMですり込まれている。

晴明に九尾の妖狐の襲来を告げるために大陸から渡ってくる狐の霊。これならイメージはぴったりなのだが、しかし、彼女に狐の霊の役をお願いするのはあまりにあざとすぎないか。晴明の相棒役にするにしても、例えば女陰陽師とか貴族の姫君とか他の手はないのか。でもそれは、一番しっくりくるアイデアを捨てて無理矢理他の手を考えているような気もする。

「どう思う?」といのうえに相談すると、「霊狐でいいんじゃないか」と即答された。

一応、吉岡さんサイドに確認しても狐の霊で問題ないとのこと。

だったら、自分のイメージに従おう。堂々と彼女に狐をやってもらおう。やるからには今までとは違う魅力の狐霊を書こう。踏ん切りがついた。

主軸の三人が決まったことで、周りのキャラクター達も見えてきた。

竜星涼君には今回は彼本来の性格に近い明るくてノリのいい男を。芝居巧者の浅利君は善人も悪人も出来るが、ここは不器用で堅物な役人を。友貴君には吉岡さんの弟役の狐霊で思う存分暴れ回ってもらおう。そして千葉さん。これはもう蘆屋道満しか考えられない。晴明物では定番のライバル、一筋縄ではいかない曲者だ。でも、ここではちょっとアレンジして、いわゆる道満のイメージとはちょっと違う性癖を付加してみた。

劇団員達には、都の貴族や役人、無頼漢、妖かし、式神と、客演のみなさんの周りを彩るキャラクター達で、しっかり世界観をかためてもらった。

安倍晴明と言えば、夢枕獏さんの小説『陰陽師』シリーズとそれを原作にした岡野玲子さんのコミックが一番有名だろう。

後続の人間は、それとどう差別化するか腐心しなければならない。

貘さんは、ご自身のシリーズでの安倍晴明と源博雅の関係をシャーロック・ホームズとワトソンに喩えている。

そういう意味では、僕の今回の物語はそのホームズ物的な側面を強調してみたと言っていいのかもしれない。

晴明がシャーロック、タオがワトソン、利風がモリアティー、道満がマイクロフト的なポジションになる。

主役とライバルの知恵比べに主軸を置くと決めたところで、自然とこういう形になった。


実はこの戯曲は、上演台本よりかなり長くなっている。

先に述べたように、まだまだ状況は不安定だ。

夜間の外出時間の繰り上げなど、何か要請があったときに対応しやすくするために上演時間はなんとか三時間以内に納めて欲しい。そうプロデューサーから依頼があったのは、いのうえと打合せを重ねてほぼほぼ決定稿になりそうなときだった。

そこで上演台本は冒頭の第一景をまるまる削ることにした。

他にも細かく削っている。ただ、だからといって舌足らずな脚本にしたつもりはない。上演台本としてはギュッと詰まっていて観やすくなっていると思う。

ただ、戯曲集では「本当はこういうプランで行うつもりでした」という意味で、カットする前の段階の台本で出版することにした。
脚本家のわがままだと思ってもらってもいい。
芝居を見た方も戯曲だけを読んだ方も、手に取ってくれた方すべてに感謝します。
楽しんでくれたら幸いです。

二〇二一年八月上旬

中島かずき

◇上演記録

2021年劇団☆新感線41周年興行　秋公演
いのうえ歌舞伎『狐晴明九尾狩』

【登場人物】

安倍晴明……………………………中村倫也
タオフーリン（桃狐霊）…………吉岡里帆

尖渦雅………………………………浅利陽介
虹川悪兵太…………………………竜星 涼
ランフーリン（藍狐霊）…………早乙女友貴

蘆屋道満……………………………千葉哲也
元方院………………………………高田聖子
藤原近頼……………………………粟根まこと

賀茂利風……………………………向井 理

橘師師………………………………右近健一
又蔵将監……………………………河野まさと
油ましまし…………………………逆木圭一郎
藻葛前………………………………村木よし子
貧乏蟹………………………………インディ高橋
白金…………………………………山本カナコ
ひだる亀……………………………礒野慎吾

出殻段八……吉田メタル
蛇腹御前……中谷さとみ
信楽丸……保坂エマ
牛蔵……村木 仁
滝口帯刀……川原正嗣
洛外藤次……武田浩二
宮中警護の武士／検非違使／白狐妖霊 他……藤家 剛
宮中警護の武士／検非違使／白狐妖霊 他……川島弘之
宮中警護の武士／検非違使／白狐妖霊 他……菊地雄人
宮中警護の武士／検非違使／白狐妖霊 他……あきつ来野良
宮中警護の武士／検非違使／白狐妖霊 他……藤田修平
宮中警護の武士／検非違使／白狐妖霊 他……北川裕貴
狐／宮中警護の武士／検非違使／白狐妖霊 他……紀國谷亮輔
宮中警護の武士／検非違使／白狐妖霊 他……下島一成
狐／宮中警護の武士／京の人／銅山の坑夫……鈴木智久
狐／宮中警護の武士／京の人／銅山の坑夫 他……武市悠資
狐／宮中警護の武士／京の人／銅山の坑夫……山﨑翔太
狐／宮中警護の武士／京の人／銅山の坑夫 他……岩岡修輝
女官／狐／京の人／銅山の坑夫……小板奈央美
女官／狐／京の人／銅山の坑夫……後藤祐香
女官／狐／京の人／銅山の坑夫……鈴木奈苗
女官／狐／京の人／銅山の坑夫……森 加織

【スタッフ】
作：中島かずき
演出：いのうえひでのり

美術：二村周作
照明：原田 保
衣裳：堂本教子
音楽：岡崎 司
作詞：森 雪之丞
振付：川崎悦子
音響：井上哲司
音効：末谷あずさ　吉田可奈
殺陣指導：田尻茂一　川原正嗣
アクション監督：川原正嗣
ヘア&メイク：宮内宏明
小道具：高橋岳蔵
特殊効果：南 義明
映像：上田大樹
大道具：俳優座劇場舞台美術部
歌唱指導：右近健一
演出助手：山﨑総司
舞台監督：芳谷 研　篠崎彰宏

宣伝美術：河野真一
宣伝写真：野波 浩
宣伝衣裳：堂本教子
宣伝ヘア：宮内宏明

宣伝メイク：内田百合香
宣伝小道具：高橋岳蔵
宣伝特殊メイク：中田彰輝
宣伝面打：橋本隆公
宣伝画：石川真澄

宣伝・Web：ディップス・プラネット
宣伝：寺本真美　長谷川美津子　森脇 孝
制作協力：サンライズプロモーション東京
制作助手：大森祐子　坂井加代子
制作：辻 未央　伊藤宏実
プロデューサー：柴原智子
エグゼクティブ・プロデューサー：細川展裕
企画・製作：ヴィレッヂ　劇団☆新感線

【東京公演】　TBS赤坂ACTシアター
2021年9月17日（金）～10月17日（日）
主催：ヴィレッヂ

【大阪公演】　オリックス劇場
2021年10月27日（水）～11月11日（木）
主催：ABCテレビ　サンライズプロモーション大阪
協力：ABCラジオ
後援：FM802　FM COCOLO

中島かずき（なかしま・かずき）
1959年、福岡県生まれ。舞台の脚本を中心に活動。85年4月『炎のハイパーステップ』より座付作家として「劇団☆新感線」に参加。以来、『髑髏城の七人』『阿修羅城の瞳』『朧の森に棲む鬼』など、“いのうえ歌舞伎”と呼ばれる物語性を重視した脚本を多く生み出す。『アテルイ』で2002年朝日舞台芸術賞・秋元松代賞と第47回岸田國士戯曲賞を受賞。

K. Nakashima Selection Vol. 36
狐晴明九尾狩

2021年 9 月17日　初版第 1 刷発行
2021年 10 月27日　初版第 3 刷発行

著　者　中島かずき
発行者　森 下 紀 夫
発行所　論　創　社
東京都千代田区神田神保町 2-23　北井ビル
電話 03（3264）5254　振替口座 00160-1-155266
印刷・製本　中央精版印刷
ISBN978-4-8460-2094-1

K. Nakashima Selection

Vol. 1	LOST SEVEN	本体2000円
Vol. 2	阿修羅城の瞳〈2000年版〉	本体1800円
Vol. 3	古田新太之丞 東海道五十三次地獄旅 踊れ！いんど屋敷	本体1800円
Vol. 4	野獣郎見参	本体1800円
Vol. 5	大江戸ロケット	本体1800円
Vol. 6	アテルイ	本体1800円
Vol. 7	七芒星	本体1800円
Vol. 8	花の紅天狗	本体1800円
Vol. 9	阿修羅城の瞳〈2003年版〉	本体1800円
Vol. 10	髑髏城の七人 アカドクロ／アオドクロ	本体2000円
Vol. 11	SHIROH	本体1800円
Vol. 12	荒神	本体1600円
Vol. 13	朧の森に棲む鬼	本体1800円
Vol. 14	五右衛門ロック	本体1800円
Vol. 15	蛮幽鬼	本体1800円
Vol. 16	ジャンヌ・ダルク	本体1800円
Vol. 17	髑髏城の七人 ver.2011	本体1800円
Vol. 18	シレンとラギ	本体1800円
Vol. 19	ZIPANG PUNK 五右衛門ロックIII	本体1800円
Vol. 20	真田十勇士	本体1800円
Vol. 21	蒼の乱	本体1800円
Vol. 22	五右衛門vs轟天	本体1800円
Vol. 23	阿弖流為	本体1800円
Vol. 24	No.9 不滅の旋律	本体1800円
Vol. 25	髑髏城の七人　花	本体1800円
Vol. 26	髑髏城の七人　鳥	本体1800円
Vol. 27	髑髏城の七人　風	本体1800円
Vol. 28	髑髏城の七人　月	本体1800円
Vol. 29	戯伝写楽	本体1600円
Vol. 30	修羅天魔～髑髏城の七人　極	本体1800円
Vol. 31	偽義経　冥界に歌う	本体1800円
Vol. 32	偽義経　冥界に歌う　令和編	本体1800円
Vol. 33	新 陽だまりの樹	本体1800円
Vol. 34	月影花之丞大逆転	本体1800円
Vol. 35	サンソン ルイ16世の首を刎ねた男	本体1800円